HISTOIRE

DE

QUATRE ESPAGNOLS.

TOME PREMIER.

Ô ciel c'est Don Carlos; c'est mon ami.

HISTOIRE

DE

QUATRE ESPAGNOLS;

Par F. L. C. MONTJOYE,

AUTEUR DU MANUSCRIT TROUVÉ AU MONT PAUSILYPE.

TROISIÈME EDITION,

Revue et corrigée par l'auteur.

J'abhorre les méchans ;
Leur esprit me déplaît comme leur caractère ,
Et les bons cœurs ont seuls le talent de me plaire.

GRESSET.

TOME PREMIER.

A PARIS,

Chez LE NORMANT, libraire, rue des Prêtres-
St.-Germain-l'Auxerrois, vis-à-vis l'Eglise.

AN XI. — 1802.

AVIS

SUR

CETTE TROISIÈME ÉDITION.

La rapidité avec laquelle les deux premières éditions de *l'Histoire de Quatre Espagnols* se sont écoulées, fait présumer que cette histoire est placée par l'opinion publique dans le petit nombre des romans originaux que notre nation a produits, et qui doivent passer à la postérité. Cette distinction flatteuse a été seulement un motif de plus pour l'auteur, de rendre dans cette troisième édition son écrit encore plus digne s'il étoit possible, de l'accueil favorable qui lui a été fait. Il avoit dans la seconde édition, corrigé soigneusement non-seulement les méprises de topographie, mais encore les fautes de style, qui échappent presque toujours dans la première composition d'un ouvrage de longue haleine, sur lequel le lecteur n'a pu encore émettre son jugement.

Dans cette troisième édition, l'auteur a profité de toutes les observations qui lui sont parvenues. Il a revu son manuscrit avec la plus scrupuleuse vigilance; il a fait toutes les corrections qui lui ont été commandées par le goût et par le jugement des personnes éclairées qui ont lu son écrit. Enfin il a revu lui-même les épreuves avec cette attention et cette patience qui ne laissent rien échapper, de sorte qu'il croit pouvoir aujourd'hui se flatter d'offrir un ouvrage véritablement digne du rang que lui assigne l'empressement avec lequel on cherche à se le procurer.

Le seul vœu donc qui lui reste à former, c'est de voir accueillir avec la même indulgence le manuscrit trouvé au mont Pausylipe, qui a quelque rapport avec cette *Histoire de Quatre Espagnols*, et dans la composition duquel il n'a rien omis pour en rendre la lecture également utile et agréable.

HISTOIRE

DE

QUATRE ESPAGNOLS.

~~~~~~~~~~~~~~~~~~~~~~~~~~

PREMIÈRE PARTIE.

~~~~~~~

LETTRE PREMIÈRE.

Fernand Texado à Marie Figuera Texada
sa mère.

Naples, 10 Juin 17....

Nous sommes, ma très-chère et très-honorée mère, arrivés au terme de notre voyage. Je ne vous parle point des fatigues que j'ai essuyées ; les peines du corps ne sont rien en comparaison de celles de l'esprit ; mon cœur est déchiré, mon âme est brisée. Me voilà séparé de

la meilleure des mères, par une étendue
de pays immense, et que je m'étonne
d'être parvenu à franchir. Je suis sur une
terre où tout m'est étranger. Je me trouve dans une maison dont les personnes
me sont à peine connues ; je ne rencontre
autour de moi ni parens ni amis. Naples
est, dit-on, une des plus belles villes du
monde, et Naples est pour moi une
vaste et triste solitude. Ah ! qu'il est cruel,
qu'il est terrible pour une âme aimante,
de se séparer de tout ce qu'elle a de
plus cher au monde ! Vous l'avez voulu
ce voyage. Ma résignation vous prouve
que ma déférence, à vos ordres, à vos
moindres désirs, est et sera toujours sans
bornes. Comment se fait-il, cependant,
qu'en accomplissant votre volonté, je me
sente dévoré d'un chagrin dont je ne
puis vous peindre l'amertume ? Puissé-je
du moins souffrir seul des suites que mon
obéissance aura, ce me semble, inévi-
tablement ! Et si les sombres pressenti-

mens qui , nuit et jour, effraient mon imagination, doivent un jour se réaliser, que je supporte moi seul tout le poids du malheur! Qu'il n'aille point jusqu'à vous! Qu'il ne s'étende point sur l'adorable Joséphine, sur ce modèle de toutes les perfections! Je vous offense, ma très-chère mère, en prononçant ce nom, ce nom si cher à mon cœur; mais lorsque vous m'avez défendu de penser à cet objet céleste, lorsque vous avez demandé qu'il sortît de ma pensée, vous avez exigé un effort qui est au-dessus de mon pouvoir; mes forces, hélas! ne vont point jusques-là. Non, non, les traits de cet ange ne sortiront jamais du fond de mon âme; son image y est gravée pour la vie. Pardonnez, ma très-chère mère, ce transport; pardonnez ce retour vers la plus accomplie des créatures! Si c'est une faute de vous en parler, c'est une faute que je commettrai souvent. Je m'avoue incor-

rigible sur cet article. Dans tout le reste ,
comptez sur la respectueuse et aveugle
obéissance de votre fils.

LETTRE II.

Le même à Salomon WANDERGHEN.

Naples, 10 Juin 17....

Mon brusque départ de Madrid, mon cher ami, a dû t'étonner. Je ne m'attendois pas plus que toi, je t'assure, à ce voyage. Il ne me fut pas possible de t'en prévenir, ni par écrit, ni de vive voix. On me fit une sorte de violence pour en hâter les préparatifs ; on ne voulut pas que je m'occupasse d'autre chose, et je fus comme tenu en chartre privée jusqu'au moment où je montai en voiture ; ce fut une véritable obsession ; je fus circonvenu par ma mère, par mes sœurs, par mon ami don Carlos,

A 3

et, en quelques heures, je me trouvai
bien malgré moi, je t'assure, secrétaire
d'ambassade. Sur toute la route, je n'ai
pu trouver un moment, un seul moment,
pour griffonner un bout de lettre. Son
excellence avoit toujours les yeux ouverts
sur moi, et lorsque je lui représentois
qu'il importoit que je donnasse de mes
nouvelles à ma famille et à mes amis,
elle me répondoit avec le flegme castillan : « Vous voulez écrire à Madrid ?
» Rien de plus juste, monsieur ; mais
» il sera tems lorsque nous serons à
» Naples. » C'est un fort grave et fort
étonnant personnage que don Pedro de
Massaréna. Enfin, m'y voilà à Naples,
et je puis te narrer toute l'histoire de ce
très-extraordinaire départ.

Lorsque je t'eus quitté, la dernière
fois que je te vis, j'entrai chez le libraire
Sancha, où tu sais que j'avois coutume
de passer une bonne partie des soirées.
Tout en l'abordant, je lui demandai des

livres de droit que mon professeur m'avoit dit d'acheter parce qu'ils alloient me devenir nécessaires. Mon étonnement fut grand, lorsque Sancha, au lieu de me présenter les livres, me répondit, avec un sourire mystérieux : « Oh ! monsieur, je pense que ces sortes d'emplettes vous deviennent désormais inutiles. — Comment ? Que voulez-vous dire, inutiles ? — Oui, monsieur, inutiles. Est-ce que vous n'avez pas vu don Carlos de Massaréna ? — Il y a trois jours que je ne l'ai vu. — Trois jours ! c'est bien long. — Oui, c'est bien long, d'autant mieux que depuis que nous nous connoissons, nous n'ayons pas laissé passer une journée sans nous voir. Dans toute autre circonstance j'aurois quelque inquiétude, mais comme il m'a prévenu que son père qui venoit d'être nommé ambassadeur à Naples, exigeoit qu'il ne le quittât point jusqu'au moment du départ, son absence ne me donne point d'alarmes. — Et vous

n'en savez pas davantage? — Non, sur
mon honneur, rien de plus. — C'est un
bien joli cavalier que don Carlos. — Vous
ne pouvez m'en dire plus de bien que
je n'en pense. — Vous avez là un excellent ami : une amitié telle que la sienne,
et dans une personne de ce rang doit vous
mener loin. — Mais ce n'est pas là ce
dont il s'agit maintenant. N'avez-vous
pas autre chose à me dire? — Rien autre,
sinon que don Carlos lui-même sort d'ici,
d'où il s'est rendu à votre école de droit,
où je croyois qu'il vous auroit rencontré,
— Contre mon ordinaire, je n'y ai point
été aujourd'hui, parce que j'ai dîné en partie de plaisir avec mon ami Wanderghen.
— Le seigneur Wanderghen ne vous fera
jamais autant de bien que peut vous en faire
don Carlos. — Je vous suis obligé, seigneur
Sancha, de votre avis ; mais croyez que
mon amitié est pure comme mon âme,
et qu'il n'entre dans mes liaisons aucune
vue d'intérêt. — C'est fort bien pensé et

fort bien dit. Je ne m'expliquerai donc pas davantage. — Vous me ferez plaisir. Dites-moi seulement où vous pensez que je pourrai trouver don Carlos que je suis fâché de voir ainsi courir après moi. — Il m'a chargé de vous dire, dans le cas où je vous verrois, qu'il vous prioit de vous rendre très-incessan.ment chez vous, où il se rendroit de son côté au sortir de l'école de droit, et où il vous apprendroit des nouvelles sur lesquelles je vous fais d'avance mon très-sincère compliment. »

Je sortis de chez Sancha, très-impatient de savoir ce que don Carlos avoit à me communiquer. Je n'imaginois point ce que ce pouvoit être ; mais un sentiment d'inquiétude accompagnoit les diverses conjectures auxquelles je me livrois. En arrivant à la maison, je trouvai, dans le salon, don Carlos, ma mère et mes deux sœurs. Mes yeux se promenèrent rapidement sur toutes les

A 5

physionomies : je crus appercevoir de l'agitation sur celle de don Carlos ; il me sembla lire de la tristesse et une sorte de résign tion sur celle de ma mère. Bénédictine montroit une véritable satisfaction, et à son air de contentement, je crus d'abord qu'il s'agissoit pour elle d'un mariage avantageux. Rosalie me parut profondément affligée : je ne doutai même pas qu'elle n'eût pleuré. Tout en me voyant, elle porta sur moi ses grands yeux noirs et me fixa avec un attendrissement qui fit sur mon âme une impression que je ne saurois rendre. Ce fut d'abord à elle que je m'adressai. « Eh quoi! lui dis-je, ma petite sœur, vous voilà donc ici ? Je ne m'attendois pas au plaisir de vous y trouver. Quelle est la raison qui vous a fait quitter le couvent ? Je m'imagine qu'elle n'a rien de fâcheux pour vous.—Oh! dans un sens, rien de fâcheux. — Dans un sens! repris-je avec vivacité. Est-ce qu'il vous seroit

survenu quelque sujet de chagrin ? — Non
pas précisément ; j'aurois du moins bien
tort de m'affliger de votre bonheur : j'ai
quitté le couvent pour venir vous faire
mon compliment et mes adieux. » En
prononçant ces derniers mots, la pauvre
Rosalie laissa tomber une larme, et ce
tourna aussi-tôt vers ma mère, comme
pour lui demander pardon de cette marque involontaire de foiblesse. Ma mère,
prenant alors la parole, me parla ainsi :

« Oui, Fernand, Rosalie vient vous
faire ses adieux ; ce n'est pas elle qui
vous quitte, c'est vous qui la quittez.
Voilà don Carlos qui vous enlève à votre
famille ; mais ce n'est que pour un tems
et pour vous élever à un poste où vous
ferez le bonheur de vos parens. Remer-
ciez-le de l'honneur qu'il veut bien vous
faire à vous et à nous tous. — Ah ! l'honneur, s'écria don Carlos en s'élançant vers
moi et me serrant étroitement dans ses
bras, ce mot ne sera jamais de saison

entre nous. L'amitié, l'amitié; voilà, mon cher Fernand, le seul lien qui nous unira toujours. Et si j'ai un jour le bonheur, de contribuer à votre avancement et à la satisfaction de vos chers parens, ce ne sera pas moi qui vous ferai honneur, ce sera vous qui m'honorerez en acceptant les foibles services que je pourrai vous rendre. Mais asseyons-nous, continua don Carlos, je vais vous expliquer de quoi il s'agit, et mettre fin à votre étonnement. »

Dans ce moment, mon ami, on m'interrompt. La suite à l'ordinaire prochain.

EETTRE III.

Don PÉDRO de MASSARÉNA à don CARLOS, son fils.

Naples, 10 Juin 17....

VOTRE ami, mon fils, n'est point encore ce que je voudrois qu'il fût. Il me faut de la franchise et de la confiance, et je n'en trouve pas. Du reste, je ne suis point mécontent de lui. Il a de la discrétion, de l'intelligence, ne hait point le travail et sait se faire aimer.

Continuez, mon fils, vos exercices. Plus vous croyez avoir à vous glorifier de votre naissance, plus on attend de vous. Vous avez reçu un nom sans tache, faites vos efforts pour l'illustrer, et, du moins si vous ne pouvez en venir à bout, transmettez-le tel que vous l'avez reçu. Je vous recommande par-dessus tout d'être d'une grande circonspection dans le choix de vos liaisons. Je ne me déterminerai à vous faire commencer vos voyages que lorsque votre mère et votre gouverneur m'assureront que vous êtes en état d'en profiter. Si je dois rester long-tems ici, je vous y verrai volontiers; vous y aurez de l'agrément: il ne tient donc qu'à vous comme vous voyez, de hâter le moment où vous pourrez revoir Fernand. Je souhaite qu'il soit toujours un ami digne de vous.

Recommandez-lui, quand vous lui écrirez, de se livrer tout entier à ses fonctions, et *de ne laisser* prendre son cœur à aucun attachement dont j'aurois à le blâmer, et qui pourroit en faire un héros de roman. Je n'aime les folies d'aucune espèce; et il ne faut pas qu'il perde un seul instant de vue que c'est uni-

quement de la satisfaction qu'il me donnera que dépend son bonheur à venir.

Adieu, don Carlos, honorez et ché-
rissez votre mère, et rendez au seigneur
Astucia ce que vous lui devez pour les
soins qu'il vous donne.

LETTRE IV.

Le même à FIGUERA-TEXADA.

Naples, 10 Juin 17....

LE cœur de votre fils, madame, est toujors bien oppressé, son esprit bien préoccupé, son imagination bien échauffée. Vous aurez, je crois, de la peine à arracher de son cœur cette Joséphine. Je souhaite de toute mon âme que l'absence, comme vous l'espérez, éteigne un feu à peine allumé. De mon côté, je ne puis que vous promettre mes soins pour sa guérison ; mais quelle que soit l'issue de cette belle passion, et de quelque manière qu'il se comporte dans la suite, j'aurai toujours pour lui, je vous assure l'attachement que

j'avois pour son père. A quelque degré
de fortune qu'il plaise à la Providence
de me faire monter, mes premières et
plus grandes attentions seront toujours
pour mes anciennes connoissances. La pros-
périté ne m'éblouira jamais. Je sais qu'il
est des gens qui, lorsqu'ils sont parvenus
d'un rang inférieur à un rang éminent ;
ne voient plus de cette hauteur les objets,
ni comme il faut les voir, ni comme ils
les voyoient eux-mêmes, avant d'y être
montés ; ce sont des hommes dont le
cœur, en recevant une trop grand por-
tion de bonheur, se rétrécit, au lieu de
se dilater, et qui changent de conscience
en changeant d'état. Pour moi, j'ai toujours pensé et je penserai toujours, que
plus on est riche des faveurs de la fortune, et plus on doit l'être en vertus. La
plus aimable de toutes, c'est la reconnoissance. J'en dois beaucoup à feu votre
mari ; et mon cœur vous est trop bien
connu pour que vous pensiez que je puisse

jamais oublier la dernière promesse que j'ai faite à mon digne ami Texado, lorsque j'ai eu le malheur de le perdre. Mais marquez-moi donc ce que c'est que cette céleste Joséphine ; car , enfin si elle étoit digne de votre fils , s'il étoit digne d'elle, pourquoi cette alliance ne se feroit-elle pas ?

LETTRE V.

Le même à la signora Spinoletta Massaréna, sa femme.

Naples 10 Juin 17....

J'ai sur le cœur le reproche que vous m'avez fait en vous quittant. Mes liaisons bourgeoises vous déplaisent ; vous ne me pardonnez pas de hanter ces *petits bourgeois* Texado. Il est très-vrai qu'ils sont *bourgeois* ; mais *petits*, je ne sais ce que cela veut dire. Il y a des *petits bourgeois*, comme il y a des *petits comtes* des *petits marquis* ; et même, si vous voulez que je vous le confesse, des *petits grands* ; car, par exemple, votre très-cher et très-honoré frère don Juan Spinoletto, tout exhaussé qu'il est sur la

grandesse, est-il un bien grand homme ?
Pour vous parler en toute conscience,
je ne connois au physique de *petits*, que
ceux qui n'ont pas au moins cinq pieds;
et au moral, que les sots. Cela n'est pas
trop flatteur pour votre cher frère Spinoletto; mais enfin, nous n'en sommes
pas, vous et moi, à nous cacher ces sortes de vérités. Je sais qu'il joue à merveille des castagnettes et du tambour-de-
basque; mais je soutiens envers et contre tous, que, quoiqu'enrichi de ce beau
talent; que, quoique sa grandesse soit de
la première classe : que, quoique sa taille
effilée ait cinq pieds neuf pouces de haut,
il n'en est pas moins un très-petit personnage, et si petit, que je vous prie de ne
pas permettre qu'il y ait entre lui et notre
fils d'autres rapports que ceux de la bien-
séance.

Vous voyez donc bien, madame, que
si vous voulez prendre la peine de vous
rendre compte à vous-même du sens qu'il

faut attacher au mot *petit*, vous cesserez de vous effaroucher de mes liaisons avec la famille Texado. Comment d'ailleurs voulez-vous que l'on fasse pour n'avoir pas des liaisons avec des bourgeois? Dans quelque rang que l'on se trouve placé, il n'est pas possible de n'avoir pas des relations continuelles avec des gens de toutes les classes, avec des bourgeois, des artisans, des ouvriers. Si vous voulez y faire quelque attention, vous verrez que tout se réduit, dans ce monde à un échange continuel entre ceux que nous appelons *grands*, et ceux que nous appelons *petits* : ou, pour mieux dire, entre les riches et les pauvres : ceux-ci donnent leurs services, et ceux-là leur argent ; et en vérité, je ne sais trop qui des uns ou des autres met le plus dans la balance. Or, comment voulez-vous que, dans cette sorte de commerce, on ne soit pas sans cesse dans la nécessité de se rapprocher ?

Votre censure, madame, et vos repro-

ches sur mes liaisons avec des bourgeois,
n'ont donc aucune ombre de justice, et
vous devez les abandonner avec un peu
de réflexion ; autrement vous feriez votre
propre critique et celle de tout le monde,
car vous et tout le monde êtes dans la nécessité d'avoir des relations avec des gens
de la bourgeoisie.

Je vois bien que vous voulez dire qu'il
est permis d'avoir des relations, mais non
pas de l'intimité avec des bourgeois, et
vous êtes seulement fâchée de ce que je
prends un aussi vif intérêt à la famille
Texado. Je vous avoue, et vous répéterai
toute ma vie, que cet intérêt ne sauroit en
effet être plus vif, et il sera toujours le
même. Mais comment vous est-il possible
de persister à me le reprocher, quand
vous trouvez dans votre cœur un puissant
motif de le justifier? Je vous ai tant de
fois parlé des obligations que j'avois à feu
Texado, qu'il est pour moi inconcevable
que vous veuilliez entreprendre de me faire

oublier ce que je dois à sa mémoire. Mais ce que je conçois à merveille, c'est que vous avez du ressentiment de ce que j'ai donné la préférence pour la place de se- crétaire d'ambassade au jeune Texado, sur votre protégé, ou plutôt, sur celui de votre cher frère Spinoletto. Vos choix, madame, lorsque vous les ferez vous-mê- me, seront toujours fort bons : mais j'ose vous dire que quand vous choisirez d'a- près l'inspiration de votre frère, vous choi- sirez toujours fort mal. Comment a-t-il pu concevoir l'idée qu'ayant confié à Inigo Astucia l'éducation de mon fils, j'ôterois à cet homme cet emploi, pour lui en don- ner un auquel je sais qu'il n'est nullement propre? C'est déjà à la recommandation de Spinoletto, que j'ai placé Inigo auprès de mon fils; et fasse le ciel, que je n'aie point à me repentir de cette condescen- dance! Don Carlos est un aimable cava- lier : il a l'esprit droit, l'âme haute, le

cœur noble. La nature et ses premiers maîtres au collège, ont beaucoup fait pour
lui. J'aime à croire que les soins d'Astucia achèveront heureusement un ouvrage si
bien commencé. Si je ne me trompe pas,
Astucia n'aura point à se repentir d'a-
voir répondu à ma confiance; mais, je
ne vous dissimule pas que j'ai sur le compte
de cet homme, des doutes qui m'inquiè-
tent, et qu'il est de votre prudence de ne
pas lui laisser appercevoir. Sa mine douce-
reuse, ses humbles salutations, ses cajo-
leries ne me reviennent point ; je lui crois
un fond d'hypocrisie, et l'hypocrisie est
un voile qui cache nécessairement une
âme corrompue ; car ce qui est bon ne se
cache point. Ceci, madame, est entre
nous. J'y ajouterai que si je n'avois pas
été aussi extraordinairement occupé que
je l'étois à la cour, lorsque Spinoletto me
le proposa pour gouverneur de mon fils,
je ne l'aurois pas accepté, parce que je
me

me serois donné le tems de mieux étudier le personnage , et de prendre sur son
compte plus d'informations.

Enfin , madame , le sort en est jeté :
Astucia restera auprès de mon fils tout le
tems nécessaire , à moins que de très-
grièves raisons ne m'obligent de prendre
une autre détermination. Je hais les chan-
gemens en tout , et principalement dans
l'éducation, parce qu'ils en apportent dans
les mœurs, dans le caractère , dans les ha-
bitudes de l'élève. Don Carlos a vingt-deux
ans ; ses premiers maîtres et le bon naturel qu'il a reçu du ciel , lui ont fait assez
de bien pour qu'il puisse se passer des
leçons d'Astucia , si cet homme n'est pas
en état de lui en donner ; et dans deux
ou trois ans , don Carlos pourra voler de
ses propres ailes, il n'aura plus besoin d'autre mentor que son père.

D'un autre côté, le jeune Texado, tout
petit bourgeois qu'il est , restera au poste
où je l'ai placé : il manque d'expérience ;

Tome I.   B

il en acquerra ; il a perdu son père , je lui
en tiendrai lieu.

Voilà, madame ce que j'ai cru devoir
vous marquer *ne varietur*. Je ne suis pas
entêté , parce que je ne suis pas un sot ;
mais je suis incapable de changer ce que
j'ai une fois résolu, parce qu'avant de résoudre , je médite. Toute chose a ses in-
convéniens ; l'homme sage se décide pour
celle qui en a le moins, et c'est ce que
je fais

Adieu, madame ; vous avez l'esprit trop
bien fait, pour voir dans cette lettre autre
chose qu'une preuve de ma confiance qui
égalera toujours tous mes autres sentimens
pour vous.

LETTRE VI.

Le même à Laurenzo Cascara.

Naples, 12 Juin 17....

Il y a vingt ans, mon cher Cascara, que vous êtes à mon service ; vous ne devez donc pas craindre les nouvelles épreuves auxquelles je mettrai votre vieille fidélité. Vous avez cinquante-huit ans ; vous devez donc être un homme sage.

Il m'en a coûté pour vous ôter de mon service, et vous mettre à celui de mon fils, en qualité de son valet-de-chambre ; mais en agissant ainsi, j'ai eu mes raisons, et je vais vous les dire.

Mon absence ne me permet pas de veiller sur mon fils ; il me faut auprès de don Carlos, un autre moi-même ; cet

B 2

autre moi-même, c'est vous. Je n'entends
pas que vous soyez son instituteur, son
mentor, son guide ; vous n'avez pas pour
cela les lumières necessaires. Je veux au
contraire que vous lui obéissiez ponctuel
lement en tout ce qui ne vous paroîtra pas
évidemment déraisonnable. Mes ordres
sont, comprenez-les bien, que vous veil-
liez sur toutes ses démarches, et m'en ren-
diez un compte fidèle. Epiez toutes ses
actions, voyez comment il remplit ses
exercices ; sur-tout sachez qui il fréquen-
te : et quand vous apprendrez quelque
chose qu'il importera que je connoisse,
marquez-le moi sans retard, mais tout cela
sans affectation, sans que le jeune homme,
sans qu'Astucia ni autre en sache rien.
Entendez-vous bien cela ?

Je laisse ignorer à Texado que je vous
écris : mais je lui dois cette justice, qu'il m'a
prié de ne point oublier chaque fois que
j'écrirois à la senora Massaréna et à don
Carlos, de faire mille tendres complimens

à vous et à votre femme. Il vous appelle toujours son bon papa ; et votre femme, il l'appelle toujours sa bonne maman. Je ne l'en blâme pas, bien loin de-là ; votre femme ayant été sa nourrice, et vous, ayant eu pour lui toutes les attentions d'un véritable père, l'attachement qu'il vous conserve à l'un et à l'autre, me donne de lui une fort bonne idée. Je vous dirai même plus ; le plaisir que j'ai vu que vous ressentiez, lorsque je l'ai pris auprès de moi, entre pour beaucoup dans la résolution où je suis, de lui faire tout le bien qui dépendra de moi.

Adieu, Cascara, servez-moi toujours bien, et vous serez toujours content de moi.

A propos, ne pourriez-vous point me dire ce que c'est qu'une certaine Joséphine dont ce jeune Texado a la tête et le cœur pleins ? Voyez cela, allez aux informations prudemment, sans trop vous hâter, et mettez-moi à portée de tirer cette affaire au clair.

B 3

LETTRE VII.

Fernand TEXADO à Salomon WANDERCHEN.

Naples, 15 Juin 17....

JE reprends, mon cher ami, mon récit
où je l'ai quitté. J'étois comme une pièce
de marbre pendant la scène que je t'ai
décrite. La curiosité de savoir comment
elle se termineroit, tenoit mon âme dans
un engourdissement dont l'action de don
Carlos et ses tendres caresses ne pouvoient
me tirer. Je m'assis, comme il le désiroit,
à côté de lui; il étoit entre ma mère et
moi : j'avois vis-à-vis mes deux sœurs.
L'attention avec laquelle j'écoutois, ne
m'empêchoit pas de suivre tous les mouvemens qui se faisoient. Don Carlos parloit
avec feu, et pressoit de tems en tems la

main de ma mère , comme pour obtenir
son approbation à ce qu'il disoit. Ma
mère, de son côté, ne manquoit pas, à
la fin de chaque phrase, de baisser la tête
pour témoigner qu'elle adhéroit à ce qu'il
avoit dit. Par intervalle aussi, elle jettoit
un coup-d'œil sur Rosalie, et levoit avec
impatience l'épaule, en signe de reproche
de la tristesse que cette bonne sœur ne
pouvoit s'empêcher de laisser paroître. Ma
sœur aînée, la bouche ouverte, regardoit
avidement don Carlos, et de moment en
moment levoit les yeux au ciel; elle avoit
l'air d'être en extase. Si un jour je suis
assez habile peintre, et que je veuille per-
sonnifier l'admiration, je peindrai Bénédictine dans l'attitude où elle fut cons-
tamment pendant le discours que me
tint don Carlos. Pour Rosalie , elle pro-
menoit ses yeux tantôt sur moi , tantôt sur
ma mère. J'y lisois le plus aimable intérêt , lorsqu'elle les fixoit sur moi , et la

B 4

plus ingénue timidité , lorsqu'elle les portoit sur ma mère.

Venons maintenant à la harangue de
don Carlos: la voici mot pour mot ; je l'ai
trop bien retenue pour en avoir perdu une
syllabe :

« Oui, mon cher Fernand , je vous enlève à votre famille ; elle ne me désapprouve pas , et vous ne me désapprouve-
rez pas quand vous saurez mes raisons.
Mon père , comme je crois vous l'avoir
dit, ces jours derniers, a été nommé ambassadeur à la cour de Naples. Dès que
mon oncle Spinoletto l'a su, il est venu
le solliciter de faire nommer pour secrétaire d'ambassade, Inigo Astucia, mon
gouverneur. Ma mère a réuni ses sollicitations à celles de mon oncle. Mon père
n'a répondu à toutes leurs instances qu'en
remuant la tête, et en disant toujours:
Cela ne sera pas. Ce matin, comme nous
étions seuls, lui et moi, à prendre le cho-

colat, ma mère étant retenue au lit par une légère indisposition, il est arrivé un courier qui lui a remis une lettre, et qui est reparti sur-le-champ. Mon père, après avoir lu cette lettre, m'a serré dans ses bras, et m'a appris qu'il étoit mandé, pour le jour même, à Saint-Ildephonse où le roi l'attendoit, et qu'aussi-tôt après cette entrevue, il recevroit l'ordre de partir pour sa destination. Je n'ai point cherché à pénétrer les raisons qui faisoient mettre tant de promptitude dans ce départ, parce que je sais que don Pedro n'aime point à parler des affaires d'état ; mais je me suis hasardé à lui demander qui donc il emmenoit pour secrétaire d'ambassade ? Il m'a répondu avec chaleur que très-certainement ce ne seroit pas Astucia ; que le ministre des affaires étrangères lui en avoit promis un ; que de Saint-Ildephonse, il se rendroit à l'Escurial ; qu'il y prendroit le sujet que le ministre avoit à lui donner, et que de-là, il partiroit en droi-

B 5

ture pour Naples. Après avoir ainsi satisfait à ma question, il a ajouté qu'il ne
laissoit pas que d'être embarrassé, parce
qu'il pouvoit se faire que le sujet qu'on
lui offriroit, ne lui convînt pas, et qu'il
ne savoit point avoir de ces sortes de complaisances pour personne, que sur son
honneur, il n'en auroit pas même pour
le roi; que d'ailleurs il soupçonnoit et
avoit une sorte de certitude, que le sujet
qu'on lui destinoit n'étoit autre qu'Astucia lui-même qu'il ne vouloit absolument point ôter d'auprès de moi : qu'au
surplus le ministre ne trouveroit pas mauvais qu'il ne s'en rapportât point à son
choix, parce que la lettre où il lui faisoit
l'offre d'un secrétaire d'ambassade, et
qu'il n'avoit reçue que la veille au soir,
n'étoit que conditionnelle, et contenoit
cette clause formelle : *Dans le cas où*
vous n'auriez pas déjà, de votre côté, fixé
les yeux sur un sujet.

« Comme je gardois le silence après

ces nouveaux éclaircissemens ; mon père s'en est étonné , et a eu la bonté de me dire que c'étoit à moi de le tirer d'embarras , et qu'il me faisoit l'honneur de vouloir recevoir un secrétaire d'ambassade de ma main. Cet excès de bonté étoit bien propre à m'enhardir ; cependant, quelque forte que fût l'envie que j'avois de vous proposer, mon cher Fernand, je ne sais quelle mavaise honté m'a retenu. J'ai rougi, j'ai baissé la tête, je suis resté muet. J'ignore comment mon père a interprété ma malheureuse timidité ; mais j'ai lieu de croire que l'interprétation ne m'a pas été favorable, et j'en ai un regret mortel. Il m'a reproché avec humeur, que je n'étois pas ami chaud ; que c'étoit Fernand Texado, mon camarade de collége, qu'il lui falloit ; qu'il avoit voulu me laisser le mérite de le proposer moi-même ; mais qu'il voyoit avec douleur que je tenois trop au regret de me séparer de cet ami ; que je préférois ma satisfaction personnelle

à l'avancement de Fernand ; que c'étoit-
là un penchant à l'égoïsme le plus vil, le
plus détestable des vices ; qu'il ne me le
pardonneroit jamais, à moins que ma
prompte obéissance aux ordres qu'il alloit
me donner, ne réparât cette faute.

» Ces ordres ont été de vous chercher
à l'heure même, de vous trouver quelque
part que vous fussiez, de vous décider à
partir, et de vous emmener avec moi sur-
le-champ à Saint-Ildephonse où il nous
attendroit tous les deux. J'ai voulu lui
faire quelques observations, mais il ne m'a
pas permis d'ouvrir la bouche ; il m'a ordonné de sortir, m'ajoutant que ce qu'il
venoit de me dire étoit sa volonté ferme
et invariable ; qu'une raison du plus haut
intérêt, dont il ne me devoit aucun compte, exigeoit que vous allassiez avec lui à
Naples ; qu'au surplus je me tirerois de la
négociation comme je l'entendrois ; mais
que si je ne réussissois pas, il s'en prendroit à moi seul.

» Comme je me retirois, après avoir témoigné par une profonde inclination, que j'allois me mettre en devoir d'obéir, il m'a rappelé, et m'a chargé de vous remettre ceci : ce sont cent cinquante piastres qui vous aideront, a-t-il dit, à vous équiper ; il vous en assure quatre cent cinquante de traitement, et vous paiera le premier quartier, lorsque vous serez arrivé à Naples.

» Sorti de chez mon père, je suis venu ici, où, après avoir obtenu de votre mère qu'elle ne mettroit aucun empêchement aux intentions de don Pedro, je l'ai priée de faire vos malles en attendant que je vous eusse trouvé. Astucia étoit avec moi. La senora Texada m'ayant témoigné que vous auriez du plaisir à embrasser Rosalie avant votre départ, je lui ai dit que si elle vouloit écrire un mot pour l'envoyer chercher dans son couvent, mon gouverneur porteroit le billet, et ramèneroit votre sœur dans mon carosse. Astucia s'est

chargé de la commission. Pour moi, j'ai
pris une voiture de place, et j'ai couru
vous chercher dans tous les endroits où
j'ai cru vous trouver. Après bien des cour-
ses inutiles, je me suis rappelé que vous
alliez fréquemment passer une partie des
soirées chez Sancha. Je suis arrivé chez lui,
et j'ai été fort étonné de le trouver déja
instruit du motif qui me donnoit tant de
mouvement. Il m'a appris que mon gouverneur m'avoit devancé chez lui, et l'a-
voit instruit de tout. Il est vraisemblable
qu'Astucia vous cherche de son côté.

» Voilà, mon cher Fernand, dans la
plus exacte vérité, ma conduite dans cette
affaire. Vous n'y trouverez certainement
aucun reproche à me faire. Permettez-
moi maintenant de vous dire qu'après tout
ce que je viens de vous exposer, je ne
pense pas que vous puissiez balancer un
seul instant ; nous n'en avons pas en effet
un seul à perdre, car il est déja cinq heures,
et il faut absolument que nous partions

pour Saint-Ildephonse, avant la fin de la journée. »

J'avois été immobile pendant tout le discours de don Carlos. Je ne pus à la fin retenir les sentimens qui oppressoient mon cœur; ils s'en échappèrent comme un torrent : « Allons, allons, m'écriai-je, vous vous moquez, don Carlos! Que veut dire cette violence-ci? Qu'est-ce que c'est que cette raison du plus haut intérêt? Suis-je donc tombé en servitude? Mes goûts, mes inclinations, mes études, mes parens, mes amis, j'abandonnerois tout pour faire la volonté de votre père! Et quel droit a don Pedro sur moi? Les voilà les grands! Eux, amis? Non, despotes! Ils commandent, il faut obéir. Moi, je serois l'esclave de don Pedro! Ah! plûtot la misère, plutôt la mort! Quel caprice! quelle bizarrerie! Pas deux jours, pas vingt-quatre heures de réflexions! . . . — Non, non, mon cher Fernand, dit don Carlos, pas un moment de réflexions;

veuilliez considérer ! .... — Que voulez-
vous que je considère ? repris-je en l'interrompant. Y a-t-il ici autre chose qu'un
complot contre ma liberté, contre mon
bonheur ? »

Je me tus à ces mots ; mon cœur se gonfloit ; la sensibilité eut son tour ; je m'é-
criai d'une voix pitoyable : « Le bonheur !
le bonheur ! oh ! comme il s'écoule promptement ! » En jettant ce cri de douleur,
mes yeux se levèrent sur Rosalie ; son
cœur se gonfloit aussi ; un ruisseau de larmes inondoit ses joues ; elle ne put retenir
cette douloureuse exclamation : « Oh !
oui, comme il s'écoule promptement ! »
Cachant ensuite son visage dans son mouchoir, elle ajouta : « O Fernand, ô mon
frère, que je vais être à plaindre ! »

L'affliction de Rosalie me mit au désespoir. Ne sachant ce que je faisois, je
fus à elle, je me jetai à ses genoux, je
pris ses mains. « O aimable Rosalie ! lui
dis-je, ô ma chère sœur, que cette nou-

velle preuve de ton amitié m'est douce !
Et nous nous séparerions ! Quoi ! nos belles
années, nos jeux, nos plaisirs innocens,
nos confidences... — Oui, oui, Fernand,
me répondit-elle, tout cela s'évanouit
dans cet instant. Rosalie, en naissant, fut
condamnée aux larmes. — Non, dis-je
en me levant avec fureur, non il n'en sera
pas ainsi ; on ne nous séparera point.
Qu'on me déchire les entrailles ! qu'on
verse sur moi toutes les calamités ! Je ne
pars point, don Carlos ; retournez chez
votre père. L'arrêt est prononcé ; je ne
bouge point d'ici. — « Juste ciel ! s'écria à
son tour don Carlos en se levant avec transport, que faisons-nous ici ? Est-ce ainsi,
Fernand, que vous répondez à mon amitié ? Je vous croyois homme ; vous n'êtes
qu'un enfant. Il s'agit bien de se plaindre,
de se lamenter, quand il faut résoudre,
quand il faut agir. — Mais, voyez, disoit
ma mère de son côté, en montrant Rosalie, voyez cette enfant ; il lui appartient

bien de s'opposer à ce qui convient à tout
le monde! Est-ce pour cela, ma fille, que
j'ai eu la bonté de vous faire venir du couvent ? Prenez exemple sur votre sœur qui,
comme vous voyez, n'a garde de témoigner aucune répugnance pour ce que nous
désirons tous. »

Don Carlos voyant que ma mère s'é-
chauffoit . . .

Encore une interruption. Mon ami, quel
homme ! quel homme ! Juste ciel! ah! si
je puis parvenir à briser ces chaînes ! . . . .
Encore donc la suite à l'ordinaire prochain.

LETTRE VIII.

François SANCHA à Charlotte de SUZA.

16 Juin , 7 heures du soir.

CONNOISSANT, mademoiselle, l'intérêt que je prends à ce qui vous concerne , vous ne serez point étonné si je regarde qu'il est de mon devoir de vous avertir que depuis quelque tems on parle chez moi de mademoiselle Joséphine. J'en ressens un véritable chagrin. Si l'on venoit à vouloir rechercher qui vous êtes , vous comprenez que cela pourroit être d'une grande conséquence. L'affaire est encore trop récente, et il y a encore trop de prévention pour ne pas prendre les plus grandes précautions. Je sais, d'ailleurs, que le signalement a été mis dans tous les papiers publics, et a été envoyé à tous nos ambassadeurs chez l'étranger. Je suis même assuré que don Pedro de Massaréna qui, comme vous savez, est parti pour son ambassade de Naples, a reçu ordre de faire, de son côté, toutes les recherches qui dépendroient de lui.

D'après la chaleur qu'on met dans cet événement, vous voyez, mademoiselle; combien il seroit malheureux qu'on vînt à deviner qui vous êtes. La moindre indiscrétion pourroit mettre le comble à l'infortune qui vous afflige.

Ayant l'honneur d'être le parrain de mademoiselle Joséphine, je me permettrai de lui dire que sa beauté est un trésor qu'elle doit cacher aux yeux de tous les hommes. Je vous prie de lui présenter mes très-humbles civilités, et de croire que personne ne désire plus de vous donner des preuves d'un respectueux attachement, que votre serviteur Sancha.

LETTRE IX.

Charlotte de Suza à François Sancha.

17 Juin, 8 heures du matin.

Je vous remercie, seigneur, de l'avis que vous avez la bonté de me donner. Je serois la plus ingrate des femmes, si je pouvois ne pas mettre au rang des plus grands services, la sollicitude que vous voulez bien avoir pour une famille aussi innocente: je vous assure qu'elle est vertueuse. J'espère que Dieu, qui n'abandonne pas les infortunés, le fera connoître un jour au monde entier. En attendant, je ne néglige aucune mesure de précaution. Ma nièce, de son côté, se comporte avec une prudence bien rare à son âge. Elle entre à peine dans sa

seizième année, et elle a tout le bon sens
d'une personne de quarante ans. Elle croît
en sagesse comme en beauté. L'adversité
effraie tous les hommes; mais elle a de
grands avantages : quand on la souffre,
comme fait ma Joséphine, elle donne à
l'âme des qualités dont la meilleure éducation ne pourroit pas l'enrichir.

Cependant, je ne suis pas sans inquiétude sur les discours que vous me dites
qu'on tient de ma chère nièce; mais jusqu'à
ce que je sache de quelle nature sont ces
discours, et qui sont ceux qui les tiennent,
je ne puis vous donner, à ce sujet, aucun
éclaircissement satisfaisant.

J'ai un peu plus de tranquillité sur le
compte de mon frère. Ne pouvant le résoudre à se constituer prisonnier, et ne
voulant pas le garder plus long-tems avec
nous, attendu que les recherches étoient
trop vives dans toute la ville, il nous quitta
il y a quinze jours. Je n'ai pas voulu vous
en instruire plutôt, sachant l'inquiétude

où vous seriez, aussi long-tems que vous le croiriez sur les terres d'Espagne. Il n'y est plus actuellement. Je viens d'en recevoir une lettre qu'il m'écrit de Cadix, à bord du navire *le David*, sur lequel il me marque qu'il s'est embarqué. Il ne me dit pas vers quel port ce navire fait voile.

Continuez-nous, seigneur, l'amitié que vous nous portez. Ma nièce sera toujours très-reconnoissante des avis que vous voudrez lui donner, et elle en profitera comme si elle les recevoit de son malheureux père lui-même.

Je n'ai pas besoin de vous dire qu'il est important que ce soit toujours Ambroise qui m'apporte les lettres que vous m'écrirez, comme je ne remettrai jamais mes réponses qu'à lui.

LETTRE X.

François S ANCHA à Charlotte de S UZA.

18 Juin, 8 heures du matin.

CE sera toujours Ambroise, mademoiselle, qui vous portera mes lettres, et qui
me rapportera vos réponses. Tout ce que
vous en connoissez doit vous tranquilliser
sur sa discrétion. Le seigneur votre frère,
pendant les trois jours qu'il resta caché
chez moi, m'en dit beaucoup de bien, et
en me quittant, il me le recommanda
comme il m'auroit recommandé son meilleur ami. Il me dit ces propres paroles:
« Mon cher Sancha, je vous laisse, mon
» domestique Ambroise. Vous voyez qu'en
» l'état où je suis, je n'ai que de la misère
» à

» à lui offrir. Placez-le de votre mieux.
» Ce que vous ferez pour lui, je le tien-
» drai fait pour moi. »

J'étois dans ce moment sans garçon de
magasin ; j'en offris la place à Ambroise
qui l'accepta de bon cœur. Le poste n'est
pas lucratif ; mais en le remplissant bien,
Ambroise peut arriver à quelque chose de
mieux. Il m'assure que son nouvel état ne
lui déplaît nullement. Il aime beaucoup les
livres ; il écrit et chiffre fort joliment. Ainsi
il est possible qu'il jouisse un jour d'un
meilleur sort.

Je viens à ce qui fait le principal sujet
de votre lettre. Trois personnes m'ont
parlé de mademoiselle votre nièce. D'a-
bord un jeune bachelier qui ma dit qu'il
l'aimoit de toute son âme, ensuite un jeune
cavalier qui m'a témoigné qu'il avoit des
vues sur elle ; en troisième lieu, un autre
bachelier qui s'est expliqué fort cavalière-
ment, disant que, bon gré, malgré, mademoiselle Joséphine en viendroit où il

vouloit l'amener. Je ne comptois que trois personnes : un quatrième m'a demandé, il n'y a pas quatre jours, si je connoissois une *certaine Joséphine* (c'est ainsi qu'il s'est exprimé), dont il avoit beaucoup entendu parler; qu'il l'avoit même vue en deux occasions, et qu'elle lui avait paru un prodige de beauté.

Voilà, mademoiselle, tout ce que je puis vous dire pour le présent. Ne pourriez-vous point, de votre côté, vous rappeler quelqu'anecdote qui auroit pu donner lieu à quelques-uns de ces discours ?

Je suis fort content d'apprendre que le seigneur votre frère n'est plus sur les terres d'Espagne. Il fera toujours bien d'agir avec la plus grande prudence, parce qu'il est probable que nos ministres ne le perdront pas de vue. Je connois l'armateur et le capitaine du *David*. J'ai même sur ce navire trois caisses de livres destinés pour la France.

LETTRE XI.

Charlotte de S u z a à François S a n c h a.

10 Juin, 9 heures du matin.

Votre lettre, seigneur, nous a mises, ma nièce et moi, dans la plus grande agitation. Nous ne comprenons rien, mais absolument rien à tout ce bruit qu'on fait de la pauvre Joséphine ; et nous désirons, avec la plus vive impatience, que votre mémoire vous serve mieux qu'elle ne vient, de le faire. Quant à la mienne, voici, après y avoir bien rêvé toute la nuit, l'anecdote qu'elle m'a rappelée :

Il y a environ deux mois que nous allâmes, Joséphine et moi, à Buen-Retiro. Ce n'étoit point, comme vous pouvez bien penser, par partie de plaisir. Je ne vous déguiserai

C 2

même pas le motif de ce petit voyage, puisque l'intérêt que vous nous portez ne me permet pas de vous rien cacher. Jugeant que mon frère seroit dans l'indispensable nécessité de sortir du royaume, je fis tous mes efforts pour ramasser quelqu'argent, afin qu'il ne fût pas réduit à mendier son pain sur les grands chemins. Il ne me restoit plus, après notre aventure, que mes bijoux dont je pusse disposer; Joséphine y joignit de bon cœur les siens : le tout valoit bien sans exagération douze mille piastres. Vous comprenez que s'il nous eût été possible de réaliser cette somme, nous aurions eu au moins la consolation de penser que mon pauvre frère auroit pu attendre avec quelque patience dans les pays étrangers, ce qu'il plairoit à la Providence d'ordonner de son sort. Malheureusement le tems pressoit ; les avis qui nous venoient à chaque instant, nous alarmoient ; mon frère pouvoit à toute heure être obligé de partir. Dans cette extrémité, nous jugeâmes que nous n'aurions jamais assez tôt de l'argent. La vente de nos bijoux auroit entraîné des longueurs; nous allâmes au plus pressé; nous nous résolûmes de les mettre en gage. Ambroise nous parla d'un prêteur sur gages qu'on appelle le *Juif-Borgne*, parce qu'il n'a qu'un œil: nous ne le connoissions que sous ce sobriquet. Nous fûmes chez lui; nous ne le trouvâmes point. On nous dit qu'il étoit dans une petite maison de campagne qu'il a au bout du parc de Buen-Retiro, et que nous lui parlerions là plus commodément que dans sa maison de ville, parce que c'étoit là qu'il faisoit plus volontiers des affaires. Nous prîmes une voiture de louage, et nous nous y rendîmes. Le *Juif-Borgne*, après avoir passé plusieurs heures à examiner, à peser nos bijoux, et avoir reconnu qu'ils étoient, comme il dit, de bon aloi, ne voulut nous prêter que quatre mille piastres, dont il nous donna mille comptant, et le reste en

C 3

lettres-de-change sur Madrid , Cadix , Marseille et Livourne.

Voilà, seigneur, le véritable motif de ce petit voyage. Voici maintenant l'aventure à laquelle je me souviens qu'il donna lieu. Le *Juif-Borgne*, comme je vous ai dit, nous tint fort long-tems chez lui; il étoit huit heures du soir lorsque nous le quittâmes. Je me souviens que lorsque nous fûmes au bout de son allée, nous trouvâmes à la grille même deux jeunes gens dont l'un de fort mauvaise mine ; sa petite taille, son visage pâle, ses yeux louches, ses sourcils noirs, épais et se réunissant sur le nez; ses épaules voûtées ne me prévinrent pas en sa faveur. L'autre me sembla plus aimable que beau : il étoit d'une taille moyenne, mais fort bien dessinée; je lui trouvai la physionomie ouverte, un sourire qui appeloit la confiance, des dents blanches comme des perles, de grands yeux noirs bien fendus, qui brilloient d'une vivacité que tempéroit

la douceur répandue sur tout son visage.
Lorsque notre voiture fut arrivée à la grille,
ces deux jeunes gens furent obligés de se
ranger de côté pour la laisser passer. Celui
aux yeux louches garda son chapeau sur
sa tête, et nous fixa attentivement avec sa
lorgnette. L'autre, au contraire, nous ôta
son chapeau, nous regarda comme à la dé-
robée, avec beaucoup de modestie, et nous
fit une profonde inclination. J'entendis ensuite qu'il disoit à son camarade : « Allons,
adieu, mon ami ; nous dînerons demain ensemble à Madrid, n'est-ce pas ? — Oui, lui
répondit son camarade ; mais si tu voulois,
tu ne t'en retournerois pas aujourd'hui à
pied. Le roi vient ce soir à Buen-Retiro, et sûrement tu trouveras des voitures
qui te ramèneront... ou bien ces dames....
— Fi donc ! mon ami, lui dit tous bas son
camarade, quelle folie ! » Ensuite, élevant la
voix, il ajouta : « Non, non, j'aime cent fois
mieux aller à pied : avec ce beau clair de
lune, ma promenade sera délicieuse ; je sa-

C 4

vourerai la beauté du ciel et de la campagne
à chaque pas que je ferai. »

Je regardai alors par la portière, et je
vis que les deux jeunes gens se séparoient.
Celui aux yeux louches gagna la maison
que nous venions de quitter ; et l'autre suivit notre voiture. Comme il marchoit d'un
bon pas, et que l'affluence des gens à cheval, à pied, en cabriolets, en carrosses,
en chaises, nous obligeoit d'aller 'ente-
ment, pour éviter l'embarras qu'occasion-
noit ce concours, il nous joignoit quelquefois, et jettoit les yeux sur nous ; mais je
ne voyois rien que d'honnête dans ce mouvement de curiosité.

Lorsque nous eûmes quitté la grande
avenue et que nous fûmes un peu avancées sur la grande route, j'entendis un
bruit qui m'alarma ; l'air retentit de cris
de frayeur. Je levai les yeux, je portai
ma vue aussi loin qu'elle pouvoit s'étendre ; par-tout je vis devant moi l'image
de la consternation. Parmi ceux qui al-

loient et venoient sur la route , ce n'étoit
que désordre , confusion ; les cochers et
les cavaliers couroient à bride abattue ;
en criant, autant qu'ils avoient de voix:
Gare! gare! Parmi les piétons, ceux-
là se jettoient à travers champ, ceux-ci
grimpoient sur des arbres, d'autres tom-
boient à genoux et prioient avec ferveur.
Comme je ne devinois pas d'abord la
cause de tout ce tumulte , j'ordonnai à
notre cocher de se ranger sur le bord
du chemin, du côté des terres, et de
ne plus avancer, En considérant plus attentivement, j'apperçus un beau carrosse
attelé à deux chevaux tigrés , qui couroient sur le chemin, sans ordre et avec
une rapidité incroyable. Je vis alors clairement qu'ils avoient pris le mors aux
dents. Le cocher qui avoit une livrée
isabelle, étoit sans chapeau, il avoit aban-
donné les rênes et levoit les mains au ciel
avec toutes les démonstrations du plus
grand effroi. Deux laquais aussi à livrée

C 5

isabelle, et qui avoient eu le tems de
quitter le carrosse, restoient sur le chemin, donnant du pied contre terre, et
se frappant le front avec les mains. Le
carrosse n'étoit plus qu'à quelques pas de
nous, lorsqu'on entendit un cliquetis,
semblable au bruit d'une glace qui se
brise en éclats. Au même moment, un
jeune homme d'une très-intéressante figure, passa la tête par la portière, faisant de grands mouvemens avec les mains,
et criant: « Prenez garde à vous, jetez-
vous dans les terres. » En disant cela, il
cherchoit à tourner le bouton de la portière, pour s'élancer sans doute hors du
carrosse. Il n'en eut pas le tems. Les chevaux se détournèrent brusquement du
chemin et gravirent au haut d'un mon-
ceau de larges pierres qui formoient
comme un montagne; elles étoient en-
tassées sur le bord du Mançanerez qui
à cause des grandes pluies des jours pré-
cédens, étoit un large fleuve. Les chevaux

alloient en droiture se précipiter dans ce torrent. Ce spectacle nous fit frémir : nous poussâmes, Joséphine et moi, un cri d'effroi. Nous entendons à la même minute, le jeune homme qui suivoit notre voiture, s'écrier d'une voix déchirante : « Ciel ! juste ciel ! c'est don Carlos ; c'est mon ami ! Dieu, soyez-moi en aide ! » Il avoit à peine proféré ces mots, qu'il jette la canne qu'il tenoit à la main ; il court, s'élance dans le Mançanerez, entre dans l'eau jusqu'aux genoux, et des deux mains saisit le mors des chevaux avec une force véritablement surprenante. Les chevaux avoient déjà franchi le sommet de cet énorme tas de pierres ; ils étoient sur le talus dont l'eau baignoit le pied, et faisoient effort pour attirer à eux la voiture encore sur le penchant opposé. L'action vigoureuse du jeune homme rallentit cet effort et ajouta à la force qui se faisoit en sens contraire. Toute l'ardeur des chevaux tomba subitement ; ils restèrent

C 6

immobiles. Alors le jeune homme avec une merveilleuse présence d'esprit, cria au cocher : « Ne vous effrayez point, ceci n'est rien, reprenez les rênes, vos chevaux sont bien tranquilles ; ramenez-les doucement sur le chemin ! »

Le cocher obéit ; le carrosse vint se ranger à côté du nôtre. Tous les assistans prodiguoient mille bénédictions au jeune libérateur. Nous nous apperçûmes qu'en sortant de l'eau il boitoit un peu, et n'alloit pas aussi vite qu'il l'auroit désiré, à la rencontre de son ami qui s'élançant hors du carrosse, courut à lui, et le serra étroitement dans ses bras. Ils restèrent quelques minutes mutuellement embrassés sans pouvoir proférer un seul mot. Tout le monde fut attendri, et je vis des larmes couler sur les joues de la sensible Joséphine. Celui, enfin, qui venoit d'échapper à un aussi grand danger, levant les yeux au ciel, s'écria du ton le plus pénétré : « Qu'il m'est doux

de devoir la vie à mon cher Fernand !
— Et moi, répondit celui-ci, ne suis-je
pas le plus heureux des mortels, qu'un
service que j'aurois rendu au dernier des
hommes, soit tombé sur mon ami ! »

Vous voyez, seigneur, par ce récit,
que, sans nous en enquérir, nous ap-
prîmes tout naturellement les noms de
ces deux jeunes gens ; mais c'est jusqu'à
présent tout ce que nous en savons. Cette
aventure fut suivie d'autres particularités
qui furent plus personnelles à Joséphine
et à moi, et dont je vous rendrai compte
demain, cette lettre-ci étant déjà bien
longue.

LETTRE XII.

François SANCHA à Charlotte de SUZA.

20 Juin 17....

C'EST cela même, mademoiselle, vous
me mettez sur la voie ; je puis déja vous
donner quelques éclaircissemens ; vous
verrez si, de votre côté, ils ne vous donneront pas de nouvelles lumières. Le
jeune homme aux belles dents, que vous
avez rencontré à la grille du Juif-Borgne,
est le bachelier Fernand Texado, âgé de
vingt-deux ans, fils de feu Gonzalès Texado, mort l'an dernier, le plus célèbre
avocat, sans contredit, de toutes les Espagnes. Il m'étoit très-connu, parce qu'il
avoit toujours recours à moi pour l'impression et le débit de ses ouvrages.

L'autre jeune homme que vous avez rencontré à la grille du Juif-Borgne, est le bachelier Salomon Wanderghen âgé d'environ vingt-cinq ans. Il est fils du Juif - Borgne qui ne s'appelle ainsi, comme vous dites, que par sobriquet, car son véritable nom est Moïse Wanderghen. Il n'est ni Espagnol, ni chrétien. C'est un viel usurier qu'on dit extraordinairement riche ; c'est tout ce que j'en sais. Son fils est une sorte de bel esprit qui fait des vers et de la prose, et je crois qu'en effet il n'est point sot.

Le jeune homme, que vous avez entendu nommer par Fernand, don Carlos, est fils unique de don Pedro de Massaréna, que le roi aime beaucoup et dont la livrée est en effet isabelle.

Voilà, mademoiselle, les seuls éclaircissemens que je puis vous donner pour l'instant. Quand vous m'aurez achevé l'histoire du voyage de Buen-Retiro, peut-être ma mémoire me fournira-t-elle d'autres circonstances dont il vous sera possible de profiter.

LETTRE XIII.

Charlotte de SUZA à François SANCHA.

21 Juin 17....

VOICI, seigneur, la suite de l'aventure qui a plus particulièrement traît à Joséphine et à moi. Lorsque les deux jeunes gens se furent mutuellement témoigné la joie qu'ils ressentoient de l'issue qu'avoit eue l'accident que je vous ai raconté, don Carlos dit à Fernand : « Mon ami, vous êtes blessé à la jambe.——Et vous, dit Fernand, à la joue. » Le sang, en effet, ruisseloit le long du visage de don Carlos. Celui-ci tira son mouchoir, et en s'essuyant le visage, dit à son ami : « Eh bien ! nous sommes blessés tous les deux : mais avant de songer à nous, allons au

seigneur Astucia qui a eu une si grande
frayeur, qu'il s'est évanoui. » Nous apperçûmes, en effet, dans le fond de la
voiture un petit homme replet, pâle
comme la mort, les yeux fermés, les
mains pendantes, la tête penchée sur l'é-
paule. Les deux jeunes gens l'appelèrent
plusieurs fois inutilement. Ils demandè-
rent ensuite aux assistans, si quelqu'un
n'auroit pas des sels spiritueux. Joséphine
en avoit un flacon dans sa poche. Elle le
présenta à ces jeunes gens. Fernand le
prit en la remerciant beaucoup, et monta
avec don Carlos dans le carrosse de celui-ci. Les sels firent leur effet; le petit homme revint de son évanouissement,
en disant : *Grabugio ! grabugio !* « Eh !
oui, *grabugio*, *grabugio*, reprit en sou-
riant don Carlos. Mais seigneur Astucia,
quelle peut être la cause de tout ce
grabuge, si ce n'est vous qui avez voulu
que j'essayasse cet attelage ? — Eh ! par
Saint-Jacques de Compostelle, l'attelage

est bon, s'écria Astucia, mais le cocher
est une bête et plus bête que ses chevaux! » Le cocher qui entendit ce compliment, répondit : « Grand merci, seigneur
Astucia, de votre courtoisie; mais si vous
eussiez été à ma place, le *grabugio* seroit
bien plus grand, car aucun de nous ne
seroit de ce monde à l'heure qu'il est. Il
ne tient qu'à vous d'essayer , il en est
encore tems. » Le cocher ayant parlé
ainsi, s'en prit à ses chevaux du mauvais
compliment qu'il venoit de recevoir; il
s'emporta contr'eux en blasphêmes , en
juremens et se mit ensuite à les frapper
de son fouet , avec brutalité. Les chevaux
se cabrèrent de nouveau, firent un écart,
et vinrent se ruer contre notre voiture ,
dont la petite roue se trouva engagée dans
la grande roue du carosse et se brisa ; nous
tombâmes sur le côté. Joséphine céda à
son effroi, jetta un cri perçant, et s'évanouit dans mes bras. Je ne reçus aucun
mal de cet accident. Je crois que le co-

cher n'avoit voulu que donner une nouvelle frayeur à Astucia, car après ce nouvel accident, il resta parfaitement maître
de ses chevaux. Don Carlos lui ordonna
d'avancer un peu plus haut que notre
voiture, et vint précipitamment à nous
avec son ami ; Astucia les suivoit. Déso-
lée de l'état où je voyois Joséphine, je
l'appelois par son nom, je demandois
des secours à tout le monde. Fernand se
hâta de me rendre le flacon qu'elle lui
avoit donné ; je lui fis respirer des sels ;
elle revint lentement à elle, et les yeux encore fermés, elle me dit : « Ah ! ma tante,
où sont-ils ? Que sont-ils devenus ? Ne
leur est-il rien arrivé de fâcheux ? » Ouvrant ensuite les yeux, et voyant devant
elle don Carlos et Fernand, elle ne fut
pas maîtresse de son saisissement ; elle
s'écria avec avec un sourire dont je ne puis
vous rendre toute la grâce et avec la plus
aimable ingénuité : « Ah ! que j'ai de plaisir de vous revoir ! » Don Carlos ne lui

répondit que par une profonde inclination
de tête ; Fernand s'écria avec chaleur :
« Ah ! mademoiselle, nous sommes donc
les plus heureux des hommes , puisque
notre présence fait naître dans votre belle
âme un tel plaisir ! — Mais , reprit Joséphine , il étoit bien naturel que je crai-
gnisse de vous voir retomber dans le danger
auquel vous veniez d'échapper. Cette
crainte étant aussi heureusement évanouie,
jugez de la joie que je dois en ressentir. »

Comme elle finissoit de parler , don
Carlos me présenta la main pour m'aider
à sortir de la voiture ; Fernand présenta
la sienne à Joséphine. Je crus m'appercevoir qu'il serroit la main de cette belle enfant avec un peu d'émotion. Elle la retira
dès qu'elle fut hors de la voiture , et re-
mercia Fernand par une révérence : il lui
rendit son salut en lui disant tout bas , et
d'une voix tremblante : « Il est donc vrai,
mademoiselle , que je puis me flatter de
vous avoir inspiré un peu d'intérêt ?—Com-

ment, seigneur, lui répondit-elle tout haut, ne partagerois-je pas l'intérêt que la générosité de votre action a inspiré à tous ceux qui en ont été témoins? — Il n'est donc pas de bonheur, reprit Fernand, qui soit comparable à celui que j'éprouve dans ce moment ! »

« Seigneur, dit alors Astucia, réservons pour un autre tems les complimens qui certainement sont bien dus à ces dames. Il s'agit de savoir le parti que nous allons prendre; nous voilà tous à pied, et je ne remonterois pas dans ce maudit carrosse pour un empire. — Il me semble, lui répondis-je, que ce n'est pas-là le plus pressé : ces cavaliers sont blessés; il seroit bien tems qu'ils songeassent aussi à eux, et nous ne voudrions pas, ma nièce et moi, regagner la ville, sans être parfaitement rassurées sur leur compte. » Les deux jeunes gens nous remercièrent beaucoup de la juste inquiétude que nous témoignions pour eux, et nous dirent qu'ils alloient nous obéir.

Don Carlos fit signe aux deux domestiques
qui étoient venus le rejoindre, de le suivre
avec Fernand, et ils se retirèrent à l'écart.
Pendant ce tems-là Astucia resta avec
nous; il m'accabla de questions sur mon
nom, mon état, ma demeure, le motif de
mon voyage à Buen-Retiro, me disant,
pour excuser l'indiscrétion de ses demandes,
que c'étoit le seul intérêt que nous lui ins-
pirions, ma nièce et moi, et le seul désir
de nous être utile à l'une et à l'autre, qui
le portoient à nous solliciter de lui apprendre qui nous étions. Vous comprenez
que je répondis à toutes ses questions de
manière à ne donner à sa curiosité aucune
sorte de satisfaction. Il se jeta ensuite sur
les complimens : il en adressa de toutes les
couleurs à Joséphine qui resta constam-
ment muette à toutes les fadeurs, à toutes
les galanteries bannales qu'il lui débitoit.

Don Carlos et Fernand étant revenus auprès de nous, celui-ci nous dit qu'il n'avoit
qu'une petite contusion au genou droit,

qui lui venoit d'un coup de pied que l
avoit donné un des chevaux en se cabran
mais que ce neseroit absolument rien, parc
qu'il ne ressentoit qu'une très-légère dou
leur, et qu'il n'y avoit qu'un peu d'enflur
et de rougeur au genou malade. Do
Carlos, de son côté , nous montra son vi
sage où nous ne vîmes plus que la trac
d'une égratignure. Il nous dit qu'il venoi
de se laver dans la fontaine qui étoit
quelques pas de nous, et que sans dout
un des éclats de la glace qui s'étoit brisée
nous dit-il, il ne savoit comment , avoi
fait couler le peu de sang que nous avion
vu sur sa joue. »

« Dans ce cas-là, dit alors Astucia, et puis
que nous sommes tous sains et saufs, délibé
rons donc sur le parti que nous avons
prendre.—Le parti est bien simple, r
pondit don Carlos, si Fernand ne boite
pas , je proposerois que nous nous rendis
sions à pied à Buen-Retiro, où nous serons
dans un quart-d'heure ; mais vu l'incommodité

modité de Fernand, cela ne se peut pas.
Mon père est depuis deux heures au château ; j'ai dit à un de mes gens de l'aller
informer de notre aventure, et de nous
amener son carrosse. Vous monterez tous
les quatre dedans, et moi qui n'ai point
mal au genou, et qui ne me suis point
évanoui, je ferai fort bien la route à pied.
Je compris que don Carlos entendoit que
ma nièce et moi nous nous rendissions chez
son père ; l'embarras où m'auroit jetée cet
arrangement, me donna du dépit, et je dis
avec un peu d'humeur à don Carlos : «J'ai
peine à concevoir, seigneur, comment,
sans nous avoir consultées, vous nous avez
comprises, ma nièce et moi, dans l'exécution de votre projet. — Madame, me
répondit-il un peu confus, je vous demande mille pardons de ne vous avoir pas
auparavant demandé votre agrément ;
mais il est bien naturel de penser qu'après
les fatigues que vous avez essuyées, il vous
faut un peu de repos. — Nous le trouve-

rons à Madrid, répliquai-je, où il est absolument nécessaire que nous nous rendions sur l'heure même. — A Madrid ? dit Fernand ; mais votre voiture est hors d'état de vous conduire. Eh bien, ajouta-t-il en se tournant vers don Carlos, vous irez à pied avec le seigneur Astucia ; ces dames prendront la voiture de votre père, et je les conduirai à Madrid, où il est également nécessaire que je me trouve aujourd'hui, parce que j'y ai, pour demain, un rendez-vous avec un de mes amis. »

Je ne sortois, comme vous voyez, d'un inconvénient, que pour retomber dans un autre ; j'étois sur les épines ; je voyois de l'inquiétude dans les yeux de Joséphine, de l'altération sur son visage, elle trembloit que je ne cédasse ; voyant que je ne disois rien, elle s'écria avec impatience : « Mais, ma tante, on ne dispose pas des gens sans leur aveu ; vous savez bien que nous ne pouvons accepter l'offre de ces cavaliers. — Non, seigneur, dis-je alors à Fer-

nand, nous ne pouvons souscrire à votre
offre ; nous en avons du regret, mais nous
ne saurions accepter la voiture du père
de don Carlos, et nous désirons retourner
seules à Madrid. — Mystérieuse aventure !
dit Astucia en branlant la tête. — Seules !
dit de son côté Fernand en ouvrant de
grands yeux ; seules ! la nuit, sur une grande
route ! — La route , lui répondis-je ,
est trop fréquentée pour n'être pas sûre.
— Allons, allons, Fernand, dit don Carlos, vous importunez ces dames ; vous les
chagrinez ; vous devriez leur savoir gré de
leur refus : il est une preuve de l'intérêt
qu'elles prennent à vous. Voyez donc l'état
où vous vous trouvez ; vous avez mal au
genou ; vous êtes mouillé jusqu'à la ceinture ; vous ne pouvez trop vous hâter de
venir prendre du repos et de changer de
vêtement. Votre rendez-vous à Madrid ,
n'étant que pour demain, vous pouvez fort
bien retarder votre retour à demain matin.
— A merveille, lui répondit Fernand ;

mais ces dames accepteront donc le carrosse de votre père , et moi je me traînerai
comme je pourrai au château. — Non,
non, seigneur, m'écriai-je, nous ne le
souffrirons pas! — Mais encore une fois, répliqua-t-il, votre voiture est hors d'état de
vous conduire, Comment donc irez-vous
à la ville? — A pied, à pied, répondis-je,
le ciel y pourvoira. — A pied, s'écria-
t-il. Oh! pour le coup, dussé-je risquer
de vous déplaire en vous désobéissant.... »
Comme il alloit achever, une personne
qui arrivoit de Madrid, et qui étoit seule
dans une voiture de place, s'étant enquise
auprès de la foule dont nous étions envi-
ronnées, de notre aventure et du sujet de
notre contestation, nous offrit obligeamment
de descendre, de faire à pied le reste du
trajet jusqu'à Buen-Retiro, et de nous
céder la voiture, Nous acceptâmes de bon
cœur son offre. Cette personne descendit ,
et nous nous élançâmes, Joséphine et moi
dans la voiture, avec une joie qui me parut

beaucoup étonner les deux jeunes gens.
Pendant cette conversation, Astucia siffloit
et ne disoit mot.

Nous étions à peine dans la voiture,
que le carrosse du père de don Carlos arriva. Don Carlos en l'appercevant, nous
supplia avec la plus vive instance, de vouloir attendre une ou deux minutes. Nous y
consentîmes; il courut aussi-tôt au carrosse
avec son ami; ils en tirèrent des rafraîchis-
semens qu'ils vinrent nous présenter, en
nous conjurant de leur faire la faveur de
les accepter. Nous fûmes sensibles à ce pro-
cédé; nous acceptâmes chacune une glace.
Don Carlos voulut de plus que nous em-
portassions un panier de superbes oranges
de Portugal; et Fernand demanda à son
ami la permission de joindre à ce petit
cadeau un panier de cédras de Florence,
qu'il remit au même instant dans les mains
de Joséphine. Cela se fit avec une telle
grâce, que nous n'eûmes pas le courage de
refuser ces jeunes gens. Nous vidâmes les

paniers sur nos genoux, nous les leur rendîmes, et prîmes congé d'eux.

J'allois dire au cocher de fouetter, lorsque Fernand revint sur ses pas, se présenta à notre portière, et nous dit d'un air fort timide et presqu'en balbutiant : « Mesdames, il est possible que la scène qui vient de se passer, altère votre santé.....
Comment calmer la juste inquiétude ?....
Si vous vouliez nous laisser votre adresse, ou du moins recevoir la mienne pour nous écrire...— Non, non, lui répondis-je, la chose est parfaitement inutile; notre santé n'est ni ne sera altérée par cette scène; nous nous la rappellerons toujours avec intérêt pour vous, et avec reconnoissance pour les honnêtetés que nous avons reçues de vous et de votre ami ; mais enfin puisque les choses se sont passées sans suite fâcheuse pour vous et pour nous, puisque vous devez être parfaitement rassuré sur notre compte, comme nous sommes rassurées sur le vôtre, nous n'avons plus rien à nous dire.

Adieu donc, seigneur, ne nous retenez pas plus long-tems. —Adieu! reprit douloureusement Fernand, adieu, et pour toujours! Quelle cruauté!... Et vous, mademoiselle? continua-t-il en s'adressant à Joséphine. — Moi, lui répondit-elle, je n'ai rien de plus à vous dire que ce que vous a dit ma tante; je serois bien ingrate si je ne partageois pas ses sentimens pour vous. »

Notre conversation finit là : Astucia, qui sans doute étoit pressé d'arriver au château, tira Fernand par le pan de l'habit, et nous entendîmes qu'il lui disoit : « Allons, allons, seigneur bachelier, il se fait tard. Que voulez-vous de plus de ces dames? Ne voyez-vous pas qu'elles ne veulent pas être connues? Ce n'est pas aujourd'hui que vous percerez ce mystère. Allons-nous-en. » Fernand quitta en effet la portière. Don Carlos et Astucia à qui celui-là en fit le signe, le soutinrent chacun par un bras, tous les trois nous saluèrent respectueuse-

ment et nous partîmes. Il me sembla entendre que Don Carlos disoit à son ami :
« Voilà, sur mon honneur, la plus belle
personne que j'aie vue de ma vie. »

Vous jugez, seigneur, combien nous
fûmes contentes, Joséphine et moi, d'a-
voir échappé à la curiosité de ces deux
jeunes gens, et cette curiosité n'étoit pas
tout-à-fait déraisonnable. Ma frayeur de
ne pouvoir nous soustraire à leurs recherches, étoit d'autant plus grande, qu'outre
les raisons que nous avons peut-être pour
la vie de rester inconnues, j'avois alors
encore chez moi mon frère ; je tremblois
que ces jeunes gens ne s'obstinassent, et
ne parvinssent à découvrir notre demeure.
Le ciel nous a sauvées de ce péril. Nous
n'avons plus entendu parler de ces trois
cavaliers : nous avons seulement fait rencontre deux fois du bachelier, et cette rencontre a été fort singulière, ainsi que je
vous le raconterai dans ma première lettre.

LETTRE XIV.

François Sancha à Charlotte de Suza.

32 Juin 17....

J'ATTENDRAI, mademoiselle, votre première lettre pour achever de vous donner des lumières sur les détails qui vous intéressent, vous et mademoiselle Joséphine ; cependant je vous prie de ne pas m'écrire, que je ne sois revenu d'un voyage que je vais faire à Séville. Dans la position où vous vous trouvez, et dans la chaleur des recherches qui se font, il ne seroit pas sûr de confier vos lettres à la poste.

Je ne suis pas sans inquiétude sur votre aventure de Buen-Retiro. Le père de don Carlos est bien puissant et bien absolu, Astucia bien fin, et Fernand bien épris

D 5

des charmes de mademoiselle Joséphine. Continuez à vivre retirées l'une et l'autre ; entretenez toutes les personnes qui ont affaire à vous, dans la persuasion que vous êtes de pauvres couturières, vivant du travail de vos mains. Sur-tout prenez bien garde qu'on ne sache jamais votre véritable nom. Laissez croire à tout le monde que vous portez véritablement celui de Ruidera, sous lequel vous êtes connues dans votre maison et dans votre quartier·

Ne voyez au reste dans les avis que je prends la liberté de vous donner ici, qu'une preuve de mon respectueux et vif attachement pour vous et votre chère nièce. Votre position est telle que je dois naturellement en concevoir des inquiétudes qui ne peuvent être calmées que par la persuasion, que vous ne négligerez aucunes des mesures de prudence qu'il me semble très-important de ne pas négliger.

Mon voyage ne sera que de quelques jours. De Séville, je me rendrai à Cadix,

où j'ai quelques affaires pour mon commerce. J'y recevrai des nouvelles du
navire *le David*, et je vous en donnerai
à mon retour. Il y a apparence que votre
frère, puisqu'il a pris la route de Marseille, croit que la France sera pour lui
un asile sûr.

Je ne suis pas fâché de ce que vous avez
fait chez le Juif-Borgne, puisque vous ne
pouviez faire autrement; mais je suis fâché
que cette connoissance vous vienne d'Ambroise. Il a tort d'avoir des relations avec
un misérable qui s'engraisse du sang des
malheureux.

Je pars demain matin ; et dès que je
serai de retour, je vous en informerai.

D 6

LETTRE XV.

Fernand TEXADO à Salomon WANDERGHEN.

Naples, 23 Juin 17....

VOILA, si je compte bien, huit jours que je ne t'ai écrit ; mais, mon ami, c'est que l'on n'écrit pas ici quand on le veut. Au poste où je suis, on n'est maître d'aucune de ses actions; on est, le jour, la nuit, à tous les instans, dans la servitude. Oh! vive, mille fois vive la liberté! Etre soi, ne dépendre que de soi, voilà le suprême bonheur. J'en ai joui. Comment ai-je pu me résoudre à le laisser échapper? Mais je laisse là, mon ami, les regrets, et je viens à la suite de mon histoire.

Je t'ai dit que ma mère commençoit

à s'emporter, et à vouloir rendre la pauvre Rosalie responsable de la répugnance
que je témoignois à me laisser entraîner
par don Carlos. Celui-ci prévint l'orage :
il prit respectueusement la main de ma
sœur, en disant à ma mère ; » Madame,
me permettez-vous ? « Et sans attendre
sa réponse, il conduisit Rosalie dans
l'embrasure d'une fenêtre où il l'entretint
pendant quelques minutes. Aussi long-
tems que dura cette conversation qui
me parut fort animée de la part de don
Carlos, et pendant laquelle ma sœur me
sembla très-résignée, je pestai, je jurai
que je ne partirois point ; que je n'avois
que faire de la protection de don Pedro de Massaréna ; que je préférois mon
indépendance à la faveur des grands ;
que la médiocrité me valoit mieux que
la plus brillante fortune. Ma mère ne
répondoit à mes plaintes que par ces mots :
« Taisez-vous, Fernand, taisez-vous ; vous
êtes un insensé ! Est-ce qu'à l'âge où vous

êtes, vous pouvez savoir ce qui vous vaut le mieux ? » J'étois dans une sorte de délire ; je me levai brusquement ; je me promenai à grands pas, et comme un insensé, je criai à ma mère : « Je sais, je sais, madame, que vous me sacrifiez moi et... » Elle ne me laissa pas achever : « Juste ciel! s'écria-t-elle à son tour, que viens-je d'entendre? Madame! madame! » répéta-t-elle plusieurs fois en joignant les mains et baissant la tête. « Eh bien! me dit-elle ensuite avec beaucoup de véhémence, si je ne suis plus votre mère, vous ne serez plus mon fils. Je ne vous avois jamais cru un mauvais cœur. Texado, vous ne m'aviez jamais parlé de cette manière. Que vous êtes déraisonnable! Non, non, je ne vous sacrifie point, vous et Rosalie, à Bénédictine. Celle-ci n'a pour moi que des complaisances ; vous et Rosalie ne me donnez que des chagrins. J'aime mes enfans : je sais mieux que vous ce qui leur convient.

Méchant fils, vous ne me dites que des
choses désagréables ! Si votre père vous
eût entendu, il vous eût maudit ; oui maudit, » répéta-t-elle en laissant échapper
quelques larmes. Ces larmes, ce terrible
mot *maudit*, me percèrent le cœur : je
tombai à ses genoux ; je baisai ses mains ;
je m'écriai : « O ma mère ! ma mère ;
oui, je suis un méchant, un forcené, le
désespoir m'a égaré. Pardonnez-moi ma
faute, mon crime. Que faut-il faire pour
obtenir mon pardon. ? Ordonnez : je suis
prêt à tout. Faut-il mourir ? Faut-il partir ?
J'irai par-tout où vous voudrez. Je suis
résigné à tout ; mais ne me haïssez pas ;
ne me retirez pas votre affection. — Re-
levez-vous, Fernand, me répondit ma
mère, et écoutez don Carlos. »

Don Carlos finissoit son entretien secret
avec Rosalie ; il s'avança vers nous, et
faisant signe de la main, il nous cria :
« Silence, silence, tout est d'accord, fermez
le temple de Janus ; voici Minerve qui ap-

porte la paix. — Oui, mon frère, dit
Rosalie en s'essuyant les yeux et s'effor-
çant de prendre une contenance assurée ;
oui, il faut partir; le bonheur de tous le
veut, et le mien même, puisque je ne
puis être heureuse que quand tous seront
heureux! Il faut obéir à ma mère ; ce
qu'elle ordonne, c'est Dieu qui le veut.
— Eh quoi! lui dis-je, vous aussi, Rosalie, vous me donnez mon congé ? — Fernand ! s'écria ma mère, vous vous faites
donc un jeu de m'affliger ! Finissons cette
scène : qu'il obéisse ! ou .... Don Carlos,
vous êtes trop bon; emmenez-le — Eh !
mon Dieu, dit don Carlos, je me fâcherai
à mon tour. Je ne comprends rien à tout
ce bruit, à tous ces regrets. Rosalie que
je croyois la sagesse même, dit, *plus de
bonheur* ! Fernand, que je croyois un
Caton, dit qu'il est à plaindre. Qu'est-
ce que c'est que ce manége d'enfans !
Que signifie ce langage langoureux ? Eh !
parbleu ! suis-je donc ici, moi, sur des

roses ? Quel est celui qui est le plus à
plaindre , si ce n'est moi ? Je me sépare
d'un ami avec qui je vis dans la plus grande
intimité depuis mon enfance ; d'un ami
qui, quand il ne sera plus à côté de moi ,
me laissera un vide que je ne pourrai
jamais remplir; d'un ami au bonheur duquel je sacrifierois avec joie la vie qu'il
m'a conservée ; et quand je perds cette immensité de bonheur, c'est moi, c'est moi
seul qui montre ici du courage !...—
Quelle générosité! quel homme ! s'écria
Bénédictine qui avoit toujours les yeux
fixés sur lui. — Pour Dieu! Fernand ,
continua don Carlos, soyez homme, ayez
le cœur d'un Espagnol. — Que ne puis-
je lui dis-je, faire ce que vous désirez! Ne
dissimulons pas, don Carlos : ceci est un
complot pour me faire perdre le souvenir
de.... « Il ne me laissa pas achever; il vint
à moi d'un pas ferme , me saisit la main
et me dit : « Brisons là-dessus, finissons,
Fernand : en me résignant à me séparer

de vous , je vous donne l'exemple du sacrifice le plus pénible auquel je puisse me
soumettre. Avez-vous le courage de m'i-
miter? Voulez-vous partir , en deux mots,
oui ou non? repondez : vous êtes fort le
maître de rester ; si vous restez , mon père
croira que je lui ai désobéi : sa volonté n'est
pas équivoque ; il me retirera sa tendresse ; jamais il ne reviendra de sa prévention , je le connois ; je préfère la mort à
sa haine , à son indifférence même. S'il se
brouille avec moi, je me perds, je ne ré-
sisterai pas à ce malheur ; il me conduira
au tombeau : voilà où vous me réduisez.
Ah ! il valoit cent fois mieux , Fernand,
me laisser engloutir sous les eaux du Mançanerez ! »

Les dernières paroles de don Carlos
firent sur moi un effet qui n'est pas con-
cevable. Il me sembla que j'éprouvois un
changement dans tout mon être ; je devins
calme et froid , comme si je n'eusse pas
eu au fond de moi-même le foyer de la

plus brûlante passion. Je répondis à don Carlos avec une tranquillité vraiment stoïque : « Non , don Carlos , vous ne vous brouillerez point avec votre père. L'ordre de ma mère devoit m'être sacré ; il ne m'auroit cependant peut-être pas determiné ; je n'aurois néanmoins pas eu la force de lui obéir , malgré la promesse que je lui en avois faite. Je rougis de moi-même en démêlant dans les replis de mon âme la possibilité d'une aussi coupable et aussi honteuse résistance ; et je sens combien l'aveu que j'en fais m'humilie ; mais me voilà tel que je suis. Si je me faisois meilleur à vos yeux , je serois un hypocrite ; il faut , don Carlos , me supporter avec mes défauts et mes vices. Le désir de contribuer à votre félicité , la crainte de donner atteinte à la confiance et à l'affection que vous porte votre père , me décident absolument : partons, don Carlos, je suis prêt. » A ces mots , il se jeta dans mes bras , me pressa dans les siens ,

et avec l'expression du plus tendre sentiment , il s'écria : « Quel cœur ! quel cœur
que celui de mon ami Fernand ! O sainte
amitié ! toi seule tu pouvois opérer ce miracle ! » Nous versions tous des larmes ;
celles que je répandois étoient délicieuses.
Je voyois don Carlos content ; sa joie me
payoit de mon sacrifice. Mais hélas ! j'ai
trop présumé de mes forces ; des regrets
cuisans, dont la pointe est chaque jour
plus déchirante , me punissent de ma pré-
somption. Je passe les journées entières
dans de tristes rêveries ; la nuit m'apporte
de nouveaux tourmens. Quelquefois je me
lève en sursaut avec la ferme résolution de
retourner à Madrid ; ensuite je ne sais
quelle fausse honte me retient. Ma vie
est un supplice ; je n'y puis plus tenir. O
Joséphine, Joséphine ! les barbares m'ont
arraché des lieux que tu habites ; mais
leur triomphe ne sera pas long : en dépit
de l'univers entier, je te retrouverai. Oui,
mon ami, je ne puis être heureux que par

la possession de Joséphine; c'est à toi; c'est à ton amitié de contribuer à me faire avoir ce trésor; mais que dans les recherches, que dans les tentatives que ton attachement pour moi t'engagera à faire, le respect guide tous tes pas.

A quoi cependant, mon ami, tiennent nos destinées! Si le jour où je me décidai à m'éloigner de Madrid, je n'eusse point paru chez Sancha, don Carlos ne m'auroit pas vu, ne m'auroit pas emmené; je serois encore au sein de ma famille, de mes amis; je ne serois point entré dans une carrière qui va, je le crains, être pour moi une carrière de traverses, de contradictions. J'eus à peine en effet cédé aux pressantes instances de don Carlos, que le bonhomme Cascara, mon père nourricier, et domestique des Massaréna, entra dans le salon, tenant une billet à la main. Dès qu'il m'apperçut, il me sauta au col en me disant: « Ah! combien je suis aise de vous trouver ici! Vous partez, n'est-ce

pas?—Je pars, mon bon papa; je viens
de le promettre à don Carlos. — Dieu soit
loué! Le seigneur Astucia en aura donc
menti! Comme don Pedro sera content
en apprenant que don Carlos a obéi!
Dieu soit loué encore une fois! Vous ferez
votre chemin, mon cher seigneur, vous
ferez votre chemin. — Quel que soit le
chemin que je fasse, je n'oublierai jamais
le bon papa et la bonne maman qui m'ont
donné des soins si affectueux dans mon
enfance. — Oui, oui, vous ferez votre
chemin. Il y a dans cette tête..... — Oh!
la tête, dit don Carlos, n'est peut-être
pas bien bonne; quant à l'âme, c'est la plus
belle âme..... Mais, continua-t-il, donnez-
moi donc ce billet que vous tenez à la
main. — Il est du seigneur Astucia, et
je pense qu'il devient maintenant inutile.
—N'importe, voyons, » Don Carlos lut le
billet en silence, et, après l'avoir lu, il
me le donna, en disant : « Grâces au ciel,
il s'est trompé! » Voici le contenu de ce
billet :

« Pour vous complaire, j'ai couru tou-
» tes les rues, tous les carrefours, tous les
» faubourgs, tous les cafés et autres lieux
» de Madrid. Je n'ai rencontré nulle part
» le seigneur Texado. On m'a dit, dans
» un endroit, qu'il étoit allé passer deux
» ou trois jours chez un de ses amis qui
» a une maison de campagne à quelques
» lieues de Madrid. Dans le cas donc où
» vous ne seriez pas plus avancé que moi,
» toutes recherches sont surperflues, et
» vous pouvez en sûreté de conscience,
» partir pour Saint - Ildephonse. Votre
» père ne vous en voudra sûrement pas
» de n'avoir point fait l'impossible, et
» peut-être ce contre-tems le détermine-
» ra-t-il à accepter la personne qui lui est
» proposée par le ministre. »

Astucia pourroit bien avoir raison : peut-
être que si don Carlos ne m'eût pas joint,
don Pedro de Massaréna eût pris son parti,
se fût accommodé de l'homme du ministre,
et je serois encore à Madrid.

Dès que j'eus lu ce billet, Cascara no
dit : « Puisqu'il n'y a plus entre vous
difficultés, pourquoi différons-nous ? Qu
ne partons-nous tout de suite ? — Avez
vous amené une voiture ? demanda do
Carlos. — Oui, seigneur , répondit Cas
cara, votre carrosse est là-bas. — Basqu
et Castillan y sont-ils ? — Oui , seigneu
— Eh bien ! dites-leur de charger de suit
les malles et le porte-manteau de Fernand
qui sont dans la salle à manger : nous allon
descendre. »

Don Carlos se retournant alors vers moi
me dit : « Allons, Fernand , dites adieu
votre famille. En votre absence , je tien
drai ici votre place, si elle veut bien m
le permettre , comme vous tiendrez la
mienne auprès de mon père. Ce voyag
tournera à bien pour nous tous , j'en a
le pressentiment. »

Je m'avançai alors vers ma mère, tou
jours aussi tranquille que si je n'eusse dû
faire qu'une absence de quelques heures
.Ell

Elle m'embrassa assez froidement en me disant : « Que le ciel, mon fils, bénisse ce voyage ! Si vous voulez avoir toujours mon amitié, faites en sorte que je ne vous revoie point sans l'agrément de don Pedro. Souvenez-vous que tout ce qu'il fait, c'est pour votre bien qu'il le fait, et par amitié pour feu votre père. »

J'allai ensuite à Bénédictine qui reçut mes caresses d'un œil sec et avec une contenance un peu gênée ; elle mêla ses adieux d'exclamations emphatiques sur la générosité de don Carlos, et finit par me dire que ce seroit bien ma faute, si, ayant un ami d'une telle naissance et d'un tel mérite, je ne faisois pas un jour beaucoup de bien à ma famille.

Enfin, le tour de Rosalie vint ; elle se précipita dans mes bras, et m'inonda de ses larmes. Elle me dit tout bas à l'oreille : « Aime-moi toujours, mon frère, écris-moi le plus souvent que tu le pourras, je t'en conjure. — Oui, oui, lui répondis-

Tome I.   E

je, ma bonne petite sœur, je t'écrirai : je t'aime et te regrette plus que je ne puis te le dire. — Je lui demandai ensuite tout haut, quand est-ce qu'elle retourneroit au couvent ? — Demain matin, me répondit-elle. — Eh bien ! lui dis-je, ma chère et bonne amie, prie Dieu pour ton frère Fernand, car tu es un ange. — Oh ! répliqua-t-elle en rougissant, un ange ! il n'y en a point dans ce monde ! Les anges sont au ciel ; mais tous les jours de ma vie, je prierai Dieu pour toi du meilleur de mon cœur ; je lui demanderai qu'il te rende aussi heureux que tu es bon. »

L'aimable naïveté de Rosalie ramollit mon cœur ; je sentis que mes yeux se mouilloient de larmes, et que toute ma foiblesse alloit renaître ; je fis un effort sur moi-même ; je saisis brusquement la main de don Carlos ; je l'entraînai ; je sortis du salon ; je descendis l'escalier ; je montai en voiture, et je partis sans regarder derrière moi.

Dispense-moi, mon cher ami, de te raconter tout ce qui a suivi cet inconcevable départ; j'ai été si peu à moi-même depuis que j'ai quitté la maison de ma mère, que je n'ai qu'une idée confuse de ce que j'ai pensé, fait et dit jusqu'à mon arrivée à Naples. J'ai dû avoir sur toute la route l'air d'un homme égaré ou d'un patient que l'on conduit au supplice. Adieu, mon ami; mets tout en œuvre pour me procurer l'espoir d'arriver jusqu'à Joséphine, et de la posséder un jour. Fais, en mon absence, comme je ferois moi-même, si j'étois présent. Tu es répandu dans tant de sortes de maisons, tu as tant de ressources dans l'esprit, que tu feras aussi bien et peut-être mieux que moi. J'ai dans l'idée que si je puis me procurer son adresse, je parviendrai à être le plus heureux des hommes.

DEUXIÈME PARTIE.

LETTRE PREMIÈRE.

Fernand TEXADO à don Carlos de MASSARÉNA.

Naples, 27 Juin 17...

J'AI écrit à tout le monde depuis que je suis à Naples, excepté à vous, mon cher et digne ami, par qui j'aurois dû commencer. Cela est inexcusable ; mais j'ai eu et j'ai encore la tête si malade, je trouve tant de difficultés à écrire de longues lettres aux personnes que j'aime, qu'en vérité vous devez avoir un peu d'indulgence. Je ne savois, en outre, où vous adresser ma lettre; vous m'avez dit, en vous quittant, que vous alliez, par ordre de votre père, joindre votre régiment, et j'ai tout net oublié le lieu de la garnison. J'adresse à tout hasard cette lettre-ci à votre hôtel de Madrid; on pourra bien vous la faire tenir quelque part que vous soyez.

Avouez, mon cher ami, que vous vous êtes enfoncé dans le complot qui m'a arraché de Madrid, et que vous n'êtes pas innocent des manœuvres qui ont été faites à ce dessein. Je rends justice à vos intentions; vous n'avez eu en vue que ce que vous avez cru m'être le plus utile; j'ai eu pour vous la docilité d'un enfant. Vous avez fait de moi ce que vous avez voulu, vous devez être content; mais moi je suis loin de l'être. Vous avez imaginé que l'éloignement me guériroit de ce que ma mère appelle ma folie. Eh bien! je suis plus fou que jamais; j'extravague complettement. Vous avez pensé que je préférerois les travaux diplomatiques à l'étude

E 3

des loix; point du tout : je n'ai nul goût pour mon nouvel emploi; je regrette mes séances à l'école de droit, et mes conférences chez mes professeurs. Vous avez enfin conjecturé que je paierois la protection que m'accorde votre père, par des prévenances et un zèle continuel; que le crédit dont il jouit dans les cours de Madrid et de Naples m'éblouiroit, et que j'attacherois ma fortune à la sienne : autre erreur, mon cher don Carlos; je ne vois dans don Pedro, qu'un grand dont la faveur ne me tente pas, dont la société ne me convient point, et dont le caractère ne sympathise point avec le mien.

Ma pauvre petite sœur Rosalie ne vous parleroit pas avec plus de naïveté; mais si je vous parlois autrement, je vous mentirois, et vous savez que je ne déteste pas moins que vous le mensonge. A cet égard, comme à tant d'autres, nous n'avons qu'une même façon de penser. Le mensonge est un vice honteux qu'il faut laisser aux hy-

pocrites et aux malfaiteurs. J'ai remarqué
que tous ceux qui en étoient entachés ,
avoient l'âme basse : la vôtre et la mienne
ne seront jamais de cette trempe. S'il pouvoit m'arriver une seule fois en ma vie
de vous parler autrement que je ne pense,
je n'oserois plus vous regarder , je me ferois
honte à moi-même ; je ne voudrois pas
tromper , même mon ennemi.

Ce n'est pas , au reste , que j'aie absolument à me plaindre de don Pedro , et je
rends justice à son mérite. Ses qualités
personnelles le rendent très-estimable ; son
esprit est pénétrant, vif et facile ; et la
prodigieuse étendue de ses connoissances
m'étonne. Anglais, Français, Allemands ,
Italiens, tous les étrangers qui ont affaire
à lui , l'entendent avec admiration parler
leur langue comme la sienne propre. Sur
quelque matière que tombe la conversation , il en raisonne aussi pertinemment
que s'il n'avoit étudié toute sa vie que
cette seule matière ; il parle avec grâce ,

E 4

avec urbanité ; toutes ses dépéches sont des
chef-d'œuvres de précision et de clarté,
toutes ses vues sont justes, tous ses raison-
nemens sont des vérités, toutes ses conjectures des prophéties. Je doute que l'Espagne ait dans aucune cour un ministre
plus instruit, plus intelligent, plus propre
à sonder les secrets des cabinets, à faire
respecter sa nation, à tirer avantage pour
elle des mouvemens des diverses puissances.

Avec cela, don Pedro a des bizarre-
ries qui déparent un peu, ce me semble,
ses hautes qualités. Sa fierté avec ceux
qui se croient au-desssus de lui, va presque jusqu'à l'insolence. Il est enjoué et
d'une humeur facile avec ses égaux ; mais
il me semble que dans ses plus grands
épanchemens avec eux, il affecte de garder toujours une sorte de supériorité.
Avec ses inférieurs, il est affable ; mais
sa bonne mine, sa taille avantageuse, son
air de dignité dont il ne sait jamais se

dépouiller , font que son abord est plus repoussant qu'il n'est attirant. Avec ses gens, c'est un maître juste, mais sévère , impitoyable ; aucune considération , aucune puissance dans le monde ne parviendroit à lui faire révoquer , à lui faire modifier un ordre donné. Voici un exemple qui m'a véritablement affligé :

Lorsque nous fûmes arrivés ici, il assembla le soir même toute sa maison : gentilshommes, pages, secrétaire d'ambassade, secrétaires, gardes, valets-de-chambres, livrée. Il nous dit d'un ton d'autorité, qui le transformoit en monarque absolu , et ne faisoit de nous tous qu'un troupeau d'esclaves : « Je vous ai assemblés pour vous déclarer que ma volonté est que chacun de vous garde le secret le plus religieux sur tout ce qu'il pourra m'entendre dire ou voir faire , qui aura rapport au service de l'Espagne, ainsi que sur les visites que je rendrai et que l'on me rendra : voilà la loi.

Voici la peine pour les contrevenans :
celui de vous à qui il arrivera de laisser
échapper la plus légère indiscrétion sur
quelqu'un de ces articles, sortira sur-le-
champ de chez moi, et je lui retirerai
à l'instant même et pour toujours, tout
intérêt, toute bienveillance, toute protection. Vous avez entendu mes ordres : si
quelqu'un de vous les trouve trop rigoureux, il n'a qu'à l'avouer franchement,
je ne lui en voudrai point ; il quittera
l'hôtel, mais je le placerai ailleurs aussi
avantageusement qu'il dépendra de moi,
lui permettant de réclamer ma protection
en toute rencontre. »

Ayant tous témoigné que nous nous
soumettions de bon cœur à de pareils
ordres, il nous répondit : « Dans ce cas,
souvenez-vous-en , celui qui désobéiroit
seroit sans excuse. » Cela dit , il nous
permit de nous retirer, et de commencer
chacun nos fonctions respectives.

Hier après-midi, il fit entrer dans son

cabinet le secrétaire Balbuena, et lui dit de copier sous ses yeux, le plus proprement qu'il pourroit, un petit mémoire que j'avois rédigé le matin, d'après les instructions que m'avoit données son Excellence. Balbuena a une fort belle main, et ce qui est très-rare chez ceux qui l'ont aussi belle, c'est qu'il écrit aussi vite que s'il griffonnoit. Don Pedro fut très-content de sa besogne, lui en fit des complimens et lui dit même avec un grand air de sincérité ces propres paroles : « En vérité, Balbuena, je ne connoissois pas ce que vous valez ; vous m'êtes réellement précieux. »

Comme Balbuena finissoit son écriture, le baron de Ludolf, général allemand, entra dans le cabinet par un escalier dérobé. Don Pedro dit alors au secrétaire : « Vous pouvez vous retirer, seigneur Balbuena, je n'aurai pas besoin de vous de la journée. »

Sorti de l'hôtel, Balbuena alla faire

E 6

un tour de promenade sur le port, et entra ensuite dans le café de Malte. On y parla, je ne sais à propos de quoi, du baron de Ludolf ; quelqu'un dit qu'il avoit quitté Naples depuis trois jours. « Vous êtes dans l'erreur, répondit Balbuena sans y entendre malice : il n'y a pas une heure que je suis sorti de l'hôtel, et j'ai laissé le baron de Ludolf avec son Excellence. » La conversation tomba là, et n'eut aucune suite.

Le soir, sur les neuf heures, don Pedro demanda si Balbuena étoit rentré ; on lui dit qu'oui ; il le manda dans son cabinet, et lui parla ainsi : « Mon cher seigneur Balbuena, vous êtes entré tantôt au café de Malte, n'est-ce pas ? — Oui, seigneur. — Quelqu'un y a dit que le général Ludolf étoit parti de Naples depuis trois jours..... » Comme Balbuena sembloit hésiter : « Ne me mentez pas, continua don Pedro, cela a été dit. — La chose est si peu importante, que je l'avois

oubliée; je me la rappelle actuellement :
oui, seigneur, il est très-vrai, cela a été
dit. — Ce n'est pas à vous à juger si la
chose importe ou n'importe pas, et laissez-moi continuer, je vous prie ; vous avez
répondu en toutes lettres : *Il n'y a pas
une heure que je suis sorti de l'hôtel,
et j'ai laissé le baron de Ludolf avec
son Excellence.* Vous avez répondu cela,
n'est-il pas vrai ? — Seigneur, je ne le
nie pas. — Rappelez-vous maintenant
l'ordre que j'ai donné à tout mon monde
en arrivant ici. Adieu donc, seigneur
Balbuena, je n'ai plus besoin de vos services ; faites vos malles et sortez de l'hôtel
sur-le-champ.—Mais seigneur...—Sortez.
— Mais seigneur .... — Sortez encore une
fois, tout est dit entre nous. — A l'heure
qu'il est.... je suis sans argent..... où
irai-je ? Que deviendrai-je ? Votre Excellence ne peut pas sans dureté me refuser un délai. — Voilà mes gens, ils ap-
pellent dureté ce que moi j'appelle justice.

Vous ferez comme vous l'entendrez, seigneur Balbuena ; vous irez où il vous plaira ; je n'ai point d'argent à vous donner ; vous avez reçu votre quartier, je ne vous dois rien ; je ne dois de gratifications qu'à ceux qui les méritent. Je vous accorde deux heures ; passé ce tems, que je ne vous trouve pas chez moi. Vous deviendrez ce qu'il plaira à la Providence ; mais ne vous réclamez jamais de moi, vous ne seriez pas bien servi. Adieu, seigneur Balbuena, je n'ai plus rien à vous dire. »

Le pauvre Balbuena entra dans ma chambre, désespéré ; il s'arrachoit les cheveux ; il se rouloit sur le plancher : il me fit pitié. Il n'avoit réellement pas un maravédis ; son quartier étoit déjà mangé ou pour mieux dire bu ; car quoiqu'Espagnol, il n'est rien moins que sobre ; il a le malheureux défaut de boire outre mesure ; c'est un pilier de cabaret et de

café. Il a tellement contracté cette détestable habitude, qu'il ne peut pas, dit-il,
faire un trait de plume, s'il ne s'est préa-
lablement gorgé de dix ou douze verres
de vin, et il ne se corrigera jamais de
cette habitude, parce qu'on sera toute sa
vie ce qu'on est à quarante ans. Je lui
conseillai de ne pas s'exposer au cour-
roux de don Pedro, en passant le délai
qui lui avoit été accordé ; de ne point
rester à Naples où il lui seroit impossible
de se placer, vu qu'il en faudroit toujours venir à des informations auprès de
son Excellence, et enfin de retourner
en Espagne le plutôt qu'il pourroit. J'a-
vois dans mon secrétaire cent soixante-
huit piastres bien comptées, en trois tas ;
ce qui faisoit en bon calcul, cinquante-
six piastres à chaque tas. J'ouvris le tiroir où étoit ce petit trésor, en disant à
Balbuena: « Tenez, venez voir ceci. »
Il se leva aussi-tôt de terre où il restoit
étendu comme un insensé. La vue de cet

argent lui fit ouvrir de grands yeux , et
le radoucit. « Voilà , lui dis-je , seigneur
Balbuena, cent soixante-huit piastres en
bonne monnaie , ayant cours dans tous
les états de sa majesté catholique. J'en
ai fait trois tas, comme vous voyez , et
chaque tas, si vous comptez bien , est
de cinquante-six piastres. Celui-ci , continuai-je en commençant par la droite ,
est pour votre serviteur Fernand , car
primò mihi ; il y a deux jours que j'é-
tois un pauvre bachelier ; il y en a quatre
que j'étois un très-pauvre écolier. Si je
dois rester ici, je ne veux point avoir l'air
d'un gueux ; il me faut faire honneur à
son Excellence ; ma garde-robe est fort
mal-montée; je n'ai pas même une montre;
il m'est venu en tête de prendre du tabac,
et je n'ai, pour passer ma fantaisie, qu'une
méchante tabatière de carton. Il n'y a
pas là de quoi faire le brave, et il me
prend envie de le faire.

» Et ce tas-ci, poursuivis-je en passant

au second, est pour la senora Figuera-
Texada, ma très-honorée mère, qui n'est
pas riche, et qui a trois enfans, dont deux
filles, car moi, votre serviteur, je suis le
seul mâle. Le troisième tas, je le réservois
pour être le tas des économies, et il m'auroit fait grand plaisir de le voir croître
chaque jour; car depuis que j'ai eu accès
à Madrid dans la maison du Juif-Borgne,
il m'a pris un petit penchant à l'avarice.
Un avare peut, comme un homme généreux, donner un bon conseil; le seigneur
Moïse Wanderghen, qui est le Juif-Borgne
en question, dit qu'il est d'un homme sage
d'avoir toujours de quoi parer au chapitre
des accidens. Je goûte fort cet avis, et le
chapitre des accidens est très-long, très-
volumineux, quand on est dans la dépendance d'autrui, comme je m'y trouve aujourd'hui *per fas et nefas.* »

Le pauvre diable m'écoutoit de toutes
ses oreilles, et étoit impatient de savoir où

j'en voulois venir. Que sa joie fut grand
comme il se frotta les mains, lorsq
j'ajoutai : « Je change aujourd'hui la d
tination de ce troisième tas, je vous
prête ; vous me le rendrez, lorsqu'il vo
plaira de ne plus boire l'argent que vo
mettez en poche. Allez-vous-en ce soir
l'hôtel du Parc-Royal ; voilà huit piastr
vous en avez assez pour le moment. D
main et chaque jour, allez vous inform
s'il ne part point un navire pour quelq
port d'Espagne ; il vaut mieux vous e
barquer, cela est moins dispendieux. J
qu'à ce que vous partiez, je vous donn
rai tous les six jours huit piastres ; je vo
les porterai moi-même entre huit et n
heures du soir, car il ne faut plus que vo
reparoissiez ici. Le jour où vous partire
je paierai au capitaine du vaisseau qui vo
emmènera, votre passage. A votre arriv
au port d'Espagne où vous débarquere
le capitaine vous remettra ce qui so

resté des cinquante-six piastres qui for-
ment ce tas. »

Le pauvre Balbuena ne savoit comment
me remercier ; il jura qu'il ne boiroit plus,
me protesta qu'il seroit fidèle à me rem-
bourser, et voulut me faire son billet.....
« Point, point de billet, lui dis-je ; je laisse
la chose sur votre conscience. Voici la
première fois de ma vie que je me donne
le plaisir de prêter de l'argent, parce que
c'est la première fois de ma vie que je
puis le faire. C'est la première fois aussi
que je mettrai en pratique un principe
que je me suis fait. Dans ces momens de
rêverie où l'on bâtit, comme disent les
Français, des châteaux en Espagne, je
me suis dit que, si jamais je jouissois d'une
certaine fortune, je me ferois cette question avant de prêter de l'argent : *Es-tu en
état, Fernand, de te passer, pour le reste
de tes jours, de l'argent que tu as envie
de prêter*? Si je ne puis pas m'en passer

pour toujours sans m'incommoder trop considérablement, je ne prêterai pas. Dans le cas contraire, je prêterai, et regarderai l'argent prêté comme un argent perdu pour moi; je n'y penserai de la vie; je n'en ouvrirai jamais la bouche à l'emprunteur. Si on me le rend, *benè sit;* je le regarderai comme un argent trouvé. Si on ne me le rend pas, je n'en aurai aucun chagrin, car il sera sorti de ma mémoire comme de ma bourse, au moment même où je l'aurai prêté. Vous voyez bien, seigneur Balbuena, qu'avec cette morale qui ne me brouillera jamais avec ceux à qui j'aurai prêté, je ne puis, en conscience, recevoir votre billet, à moins de vouloir ressembler à ces beaux diseurs de philosophie, dont la pratique ne s'accorde jamais avec la théorie. Pour moi, je tâcherai de ne me faire jamais que de bons principes, et ma conduite, avec l'aide de Dieu, sera toujours conforme à ces principes. »

Ma gaîté dérida entièrement le bon Balbuena; il ne se sentit pas d'aise losrque pour commencer, je lui glissai dans la main huit piastres; il oublia tout ce que sa disgrâce avoit de fâcheux. Les gens de sa sorte ne voient rien au-delà du moment; il ne leur faut que quelques maravédis pour leur faire oublier le plus cuisant chagrin; ils ne lisent point dans l'avenir, et ils sont sans doute heureux de ne pas y lire. Mais quel homme sage voudroit de ce bonheur qui ressemble à celui des brutes? Il n'y a pour elles que le présent; nous, nous avons le passé le présent et l'avenir; le passé n'est plus à notre disposition; le présent nous appartient, mais nous ne devons en user que pour jouir dans l'avenir.

Quand Balbuena eut fini ses exclamations de remercimens, il alla faire son paquet, ce qui ne fut pas bien long, car il auroit pu mettre dans ses poches ce qu'il enferma dans son porte-manteau. Un lazzaroni chargea sur son épaule ce léger fardeau, et le pauvre diable, après m'avoir embrassé encore une fois, sortit de l'hôtel pour n'y plus reparoître.

Son aventure m'a réellement affligé, car vous conviendrez que c'est punir bien durement une aussi légère indiscrétion. Quoi qu'il en soit, voilà comment don Pedro, votre très-cher et très-honoré père, en a agi avec le seigneur Balbuena; vous verrez dans ma première lettre comment il en agit avec moi. Je pénètre parfaitement le motif de sa conduite à mon égard; mais il est difficile de comprendre l'intérêt qu'il peut avoir à déraciner de mon cœur une passion qui, pour y être entrée malgré moi, n'en sortira pas de même. Il doit peu importer à son Excellence que je sois l'adorateur de la belle Joséphine.

En voilà bien assez cependant pour aujourd'hui, mon cher don Carlos. Si j'écoutois mon inclination, je vous écrirois nuit

et jour ; ce seroit ma plus douce occupation ; je le sens. Quand je pense que c'est
à vous que j'écris, que c'est avec vous que
je m'entretiens, j'ai peine à quitter la plume ;
j'éprouve, en me tenant occupé de vous,
en me rappelant tant de douces journées
que nous avons passées ensemble, un sentiment paisible et délicieux, qui non-seulement allège mes peines, mais qui me les
fait oublier. Mon cœur s'épanouit, mon
esprit se délasse ; mon imagination n'est
plus rembrunie, je reviens à ma gaité naturelle, à ma gaité de collége. Vous avez
dû vous en appercevoir dans le cours de
cette lettre. Ah! oui je le sens, don Carlos, le ciel nous a faits pour être amis,
nous l'avons été en naissant, nous le serons
jusqu'à la mort.

Je ne vous promets pourtant pas de vous
écrire par le premier courier, parce que
don Pedro m'a chargé d'un travail qui est
pressé ; et il faut, comme il le dit, que le

service du roi passe avant tout; mais
que ce travail sera fini, vous serez le p
mier à qui j'écrirai. Mon cœur et n
âme se trouvent trop bien aujourd'hui
vous avoir entretenu, pour que je ne
remette pas, aussi-tôt qu'il me sera possil.
dans une aussi douce situation. Mais v
pensez bien que je ne finirai pas une au
longue lettre sans vous dire encore un mot
Joséphine. A qui parlerai-je de ma maître
si je n'en parle pas à mon ami? Je
pense pas que vous soyez à Madrid d.
ce moment, mais dès que vous y ser
faites tout ce que je ferois si j'y étois m
même. Vos recherches, aidées de tout
zèle de l'amitié, auront enfin du succè
et dès qu'elles auront réussi, parlez, plai
pour votre ami; prenez ses intérêts com
les vôtres propres; dites que rien n'ég
l'amour qui le brûle, que son respect po
l'objet aimé. Ce ne sera pas vous qui m'o
jecterez qu'il est insensé d'aimer sans sav

si l'on est aimé ; car, puisque vous l'avez
vue comme moi, cette adorable Joséphine,
vous savez bien que mon excuse est dans
ces vers d'un poète français (1) :

> Si c'est un crime de l'aimer,
> On n'en doit justement blâmer
> Que les beautés qui sont en elle :
> La faute en est aux Dieux
>   Qui la firent si belle,
>   Et non pas à mes yeux.

*Vale, atque iterùm vale, et me ama
semper.*

---

(1) Jean de Lingendes, poëte trop peu connu
peut-être des Français eux-mêmes. Il vivoit sous
le règne de Henri IV, et, à la pureté de son
langage, on le croiroit du siècle de Louis XIV.
Ses poésies parmi lesquelles on distingue son
élégie à Ovide, se font remarquer par leur fraîcheur et leur facilité.

(*Note de l'Editeur.*)

LETTRE II.

Don Carlos de MASSARÉNA à la senora Mari
FIGUERA-TEXADA.

Anduxar, 30 Juin 17...

VOUS me reprochez sans doute, madame
d'avoir laissé passer un tems aussi consi-
dérable, sans vous informer des détails
qui ont accompagné les derniers adieux
que me fit votre fils, lorsque nous vous
eûmes quittée. Il est naturel que vous
attendiez avec impatience ces détails, qui
en effet sont bien propres à vous intéresser, et je crois que Fernand est toujours
trop préoccupé de sa fâcheuse passion,
pour avoir pu vous les donner lui-même,
ou pour avoir pu seulement se les rappeler.

Croyez, madame, que la paresse, qui

m'est un peu naturelle, n'entre pour rien dans la négligence dont vous m'accusez. Mon père, en partant pour Naples, ayant été élevé au grade de lieutenant-général, voulut bien, après en avoir obtenu l'agrément du roi, se démettre en ma faveur du régiment qui porte notre nom. Les formalités, les visites nécessaires en pareille circonstance, ne me laissèrent pas un moment pour vous écrire de Saint-Ildephonse. Les derniers ordres que me donna mon père, furent que lorsque j'aurois rempli ces premiers devoirs, je partisse en poste de Saint-Ildephonse, pour venir joindre le corps qui est ici en garnison : il me défendit de m'arrêter sur la route, quelque part que ce fût ; c'est ce qui a été cause que je n'ai point eu l'honneur de vous voir à mon passage à Madrid.

Arrivé au régiment, j'ai eu tant de nouveaux devoirs à remplir, pour me conformer aux instructions qui m'ont été données par mon père, que, jusqu'à ce jour, je n'ai pu trouver un seul moment dont il me fût possible de disposer pour moi-même.

Voilà, madame, mes excuses que je vous expose avec une entière vérité : je me flatte que vous les accueillerez avec bonté. Aujourd'hui que je me trouve un peu moins occupé, je profite de ce premier moment de repos, pour vous informer de ce qui s'est passé à l'égard de votre fils jusqu'à l'instant de notre séparation.

Lorsque nous eûmes quitté votre maison, nous passâmes à l'hôtel, pour y prendre Astucia, qui parut fort étonné en voyant Fernand. « Je ne m'y serois pas attendu, nous dit-il ; je croyois que c'étoit une partie manquée. » Pendant tout le trajet jusqu'à Saint-Ildephonse, il fit à Fernand force complimens sur sa figure, sur l'amitié que je lui portois, sur le bonheur qu'il avoit de convenir à mon père. Pour vous dire la vérité, Fernand fut toujours muet à tous ses complimens ; il avoit l'air de ne pas les entendre et même de ne pas nous voir ni l'un ni l'autre. Ses bras étoient croisés sur sa poitrine, ses yeux immobiles, sa tête et ses épaules suivoient machinalement le cahotage de la voiture; il n'ouvroit pas la bouche. Seulement, il me dit deux ou trois fois, en me prenant la main : « Don Carlos, vous m'aimerez toujours, n'est-ce pas? Vous serez toujours mon ami ? Vous m'écrirez? — Oui, oui, lui répondis-je : » et c'est tout ce que je pouvois lui répondre, car j'avois aussi le cœur bien serré. Vous voyez que notre conversation fut fort triste, malgré les efforts que fit Astucia pour l'égayer.

Lorsque nous arrivâmes chez mon père, on alloit servir le souper, il alloit se mettre à table, et il falloit bien qu'il nous attendît; car quoiqu'il fût seul, il y avoit quatre couverts. « Voilà qui est bien, » nous dit-il en nous voyant Fernand et moi. Nous ne mangeâmes presque pas; mais il me parut que mon père et Astucia avoient fort bon

F 3

appétit. Je crois que le souper se seroit. passé sans qu'aucun de nous eût proféré un seul mot, si je n'eusse dit à mon père que j'avois eu tant d'empressement à remplir ses ordres, qu'en quittant l'hôtel, je ne m'é- tois pas même donné le tems d'entrer dans l'appartement de ma mère, pour m'infor- mer de sa santé, « Elle est bien, parfaite- ment bien, me répondit mon père; ce sont ses vapeurs ordinaires; mais comme après l'accès, elle a besoin de repos, je n'ai pas voulu qu'elle me suivit ici. Elle n'aura point été fâchée de ne pas vous voir; je lui ai fait vos excuses d'avance.

Voilà tout ce qui fut dit pendant le souper. En quittant la table mon père entra dans le salon; nous l'y suivîmes; il lut quelques papiers pendant que Fernand, Astucia et moi, nous nous promenions en gardant le plus profond silence. Sa lecture finie, il regarda sa pendule, et sonna en nous faisant remarquer qu'il étoit tard. S'adressant ensuite à moi, il me dit ces pa-

roles qui entrèrent bien avant dans mon
cœur : « Don Carlos, venez m'embrasser,
je suis bien content de vous ; demain je
vous en donnerai, j'espère, une preuve. »
Après avoir embrassé mon père, je sautai
au cou de Fernand, comme pour lui témoigner que c'étoit à lui seul que j'étois
redevable de la satisfaction qu'éprouvoit
don Pedro. Il comprit mon intention, me
pressa dans ses bras, mais ne me répondit
que par un soupir et quelques larmes que
je vis rouler dans ses yeux. « Mon fils,
continua mon père, je vous ai dit qu'il
étoit tard ; conduisez le seigneur Fernand
dans sa chambre ; nous prenons demain
matin le chocolat tous les trois ensemble,
bien entendu que le seigneur Astucia sera
des nôtres. » Cascara entra dans ce moment, « Cascara, lui dit mon père, vous
aurez soin que ces jeunes gens soient prêts
demain à neuf heures ; vous coëfferez mon
fils et le seigneur Fernand. Nous partirons
d'ici à dix heures pour nous rendre au chà-

F 4

teau ; Astucia nous accompagnera. Adieu,
seigneur Fernand, continua mon père, ayez
soin, je vous prie, de mettre demain votre
plus bel habit. La modestie sied bien à
votre âge ; n'en ayez cependant point trop.
du moins dans les circonstances où vous
aurez à paroître devant des personnes à
qui vous voudrez témoigner beaucoup de
respect ; se vêtir trop simplement, dans
ces occasions, ce seroit se singulariser, et
la singularité ne va à aucun âge. » Comme
nous nous retirions, et que nous étions
déjà dans la galerie, mon père répéta :
« Adieu, seigneur Texado ; nous ferons
plus ample connoissance quand il en sera
tems. »

Le lendemain nous fûmes dans le salon
avant mon père. En entrant il parut satisfait de notre exactitude ; il nous salua par
une légère inclination de tête, et parut
fixer avec complaisance Fernand, qui en
effet avoit fort bonne mine sous son habit
de parure. Il fit servir le chocolat, et on

donna à ses gens de ne point rentrer qu'il ne sonnât. Il nous parla ensuite ainsi :

« En arrivant hier ici, j'ai été, comme j'en avois reçu l'ordre, entretenir le roi qui a eu la bonté de me demander qui j'emmenois pour secrétaire d'ambassade. Je lui ai répondu que je m'étois décidé pour un des camarades de collège de don Carlos, pour le fils de mon ancien et très-digne ami Gonzalez Texado. « Je ne m'en étonne point, m'a dit le roi; mais il me semble que le ministre des affaires étrangères m'avoit parlé d'un autre sujet. » J'ai montré alors au roi la lettre dans laquelle le ministre me parloit de cet autre sujet, en faisant observer à sa majesté, que l'intention de son ministre étoit, comme cela devoit être, de me laisser toute liberté à cet égard. Le roi, après avoir lu la lettre, me l'a rendue en me disant : «Oh! je m'en rapporte bien à vous pour un bon choix. Je serai fort aise, a-t-il ajouté, de voir demain, avant que vous partiez, votre

F 5

protégé.—Prenez garde, seigneur Fernand
a dit mon père en regardant votre fils, qu
c'est le roi qui a dit *protégé*; ce n'est pas m
qui le dis. Il a donc été convenu, a cont
nué mon père, que nous nous trouverion
ce matin sur le passage du roi lorsqu
iroit à la messe. Il seroit nécessaire que l
seigneur Astucia nous accompagnât, parc
qu'il vous ramèneroit ici, dans le cas o
le roi auroit à m'entretenir après la messe.

Voilà pour vous, seigneur Fernand
Voici pour vous, don Carlos : Le roi,
la fin de cette conversation, a eu la bont
de me dire qu'il avoit fait le matin un
promotion d'officiers-généraux, et qu'i
m'apprenoit avec plaisir que j'étois lieute
nant-général de ses armées. M'ayant de
mandé ensuite si c'étoit mon intention d
garder mon régiment, je lui ai répond
que les fonctions d'ambassadeur ne m
paroissant pas compatibles avec celles d
colonel, je le priois de m'accorder la per
mission de me démettre de mon régiment

Il a désiré savoir en faveur de qui je me démettrois ; je l'ai supplié de m'accorder jusqu'à aujourd'hui pour l'en instruire. Je lui apprendrai que mon choix est tombé sur don Carlos : c'est-là, don Carlos, a dit mon père en finissant ; *la menuda* (1) *historia* (ce sont ses propres paroles) que j'avois à vous conter, et le prix dont je paie le contentement que vous m'avez donné hier. A mon retour du château, je vous remettrai votre brevet. »

Sur les dix heures, nous nous rendîmes au château, et attendîmes dans la galerie, où il y avoit un monde infini, l'heure de la messe. Lorsque les gardes annoncèrent le roi, nous nous rangeâmes sur une même ligne. Mon père me plaça entre lui et Astucia, il mit Fernand à sa droite, et de manière qu'il débordoit un peu la ligne en avant. — Le roi, en passant, jeta un coup-d'œil sur votre fils, et fit signe du

---

(1) Détaillée.

F 6

doigt à mon père de s'approcher. J'entendis parfaitement la conversation suivante, je n'en perdis pas un mot : « C'est donc là, dit le roi, le secrétaire d'ambassade? — Oui, sire. — Il est bien jeune. — Je le formerai. — Oh! je m'en rapporte bien à vous, et l'aventure de Buen - Retiro prouve

qu'aux âmes bien nées,
La valeur n'attend pas le nombre des années. »

Le roi dit ces dernières paroles en français. Il continua ainsi : « A sa mine, on ne le croiroit pas aussi vigoureux. Son air est un peu mélancolique ; c'est que sans doute il a du regret de se séparer de son ami. Il a les yeux et la bouche de son père ; ne trouvez-vous pas ? — Oui, sire. — Il aura aussi, sans doute, son mérite : si vous n'aviez pas cet espoir, vous ne l'emmèneriez pas avec vous. Don Pedro, continua le roi, vous êtes matinal; vous avez sans doute entendu la messe?. Oui, sire. — Allez m'attendre chez G... où vous

trouverez un mémoire qu'il est nécessaire
que vous lisiez, avant qu'il soit présenté à
la haziendra (1). A quelle heure se sont
levés vos jeunes gens? —A neuf heures.
—Ils n'ont donc pas entendu la messe?
— Non, sire. — Dites-leur d'entrer dans
la chapelle et de se placer dans la tribune
à droite. »

Nous obéîmes à cet ordre qui nous fut
apporté par mon père. Le roi, avant de
commencer sa prière, considéra beaucoup
Fernand. La messe finie, le roi jeta encore un coup-d'œil sur votre fils, et sortit
précipitamment, marchant un peu plus
vite que de coutume. Lorsqu'il fut dans
la salle des gardes, une femme d'environ
trente-six à quarante ans, vêtue de noir,
et une jeune demoiselle aussi vêtue de
noir, qui tenoit un papier à la main, se
jetèrent à ses genoux. Le roi se courba
pour relever les deux dames; il prit le

---

(1) Conseil royal des finances.

papier que la jeune personne tenoit à la main ; mais à peine eut-il jeté les yeux sur ce papier, qu'il le donna avec indignation à son capitaine des gardes, en disant : *Point, point d'indulgence !* Et en même tems il fit un mouvement de la main gauche, comme pour repousser les deux supliantes, et continua à marcher.

Nous voyions cela un peu confusément à cause de la foule qui étoit devant nous. Il est vrai de dire, madame, qu'à la cour quiconque a l'air d'être réprouvé du maître, est réprouvé de tout le monde. La jeune personne se voyant si mal accueillie par le roi, laissa échapper ce cri de douleur : *Miséricorde ! miséricorde !* Ce cri ne fit pitié à personne : chacun, au contraire, cherchoit à se retirer et à s'éloigner des dames. Fernand et moi, soit commisération, soit curiosité, au lieu de nous éloigner, nous nous avançâmes, quoique le seigneur Astucia nous tirât continuellement par la basque de l'habit, pour nous engager à faire

comme les autres. Nous apperçûmes que
la jeune personne pàlissoit et qu'elle tom-
boit en défaillance dans les bras de la dame
qui l'accompagnoit, et qui avoit peine à la
soutenir. Comment vous peindre, madame,
notre surprise, lorsqu'approchés de plus
près, nous reconnûmes que la jeune personne étoit cette même inconnue, cette
même Joséphine dont Fernand vous a tant
parlé, et que la dame dont elle étoit accompagnée, étoit sa tante? Nous fûmes à elles,
mais sans trop d'empressement, à cause du
respect qu'on doit aux lieux où nous étions.
Fernand se contenta de dire à Joséphine,
d'une voix basse, et avec une modération
dont je ne l'aurois pas cru capable : « Belle
et infortunée enfant! le sort vous est donc
bien rigoureux? Mais nous vous restons,
don Carlos et moi. Puisque chacun vous
abandonne, que ne vous livrez-vous à nous
avec confiance? » En disant cela, il aida à
la faire avancer vers une fenêtre qu'il ouvrit
lui-même sans hésiter, afin que l'air ex-

térieur aidât à la faire revenir de son évanouissement,

Cela fit un certain bruit qui me parut
étonner les personnes qui alloient et venoient. Un exempt des gardes entra, et
ôtant son chapeau, dit, avec beaucoup
d'honnêteté : *Le roi ordonne qu'on se
retire*. Joséphine commençoit alors à ouvrir les yeux. Nous gagnâmes, Fernand,
Astucia et moi, l'escalier qui donne dans la
pièce où nous nous trouvions. A peine en
eûmes-nous descendu la première marche,
que Fernand s'appuyant sur mon épaule,
me dit d'une voix presqu'étouffée : « Ah!
don Carlos, quelle rencontre! quelle vision!... Soutenez-moi!... je me sens mal...
mes forces m'abandonnent.... ma tête s'en
va.... ma vue se trouble.... » En même
tems il s'évanouit. Je l'abanndonnai aux
soins d'Astucia, et je courus chercher une
chaise à porteur, dans laquelle nous le plaçâmes, et qui le conduisit chez mon père.
Il n'étoit point encore revenu de son éva

nouissement lorsque nous arrivâmes. Je le fis étendre sur un lit : sa situation me donnoit les plus vives inquiétudes, enfin le ciel eut pitié de nous. A force de soins nous parvînmes à lui rendre le sentiment. Il lui prit, en revenant à lui, un vomissement qui parut le soulager beaucoup et le guérir tout-à-fait ; car lorsque l'accès fut passé, il se mit à sourire, et nous dit avec la gaité qu'il avoit autrefois : « *Per nuestra senora del pilar*, voilà une purgation qui me donne un grand soulagement. Je voudrois bien maintenant qu'il fût l'heure de dîner, je mangerois de bon appétit. » Nous lui offrîmes un doigt de vin de Chypre, qu'il accepta, et dans lequel il voulut tremper un biscuit. « Voilà qui est restaurant, nous dit-il après avoir bu, mais qui n'est guères substantiel... Don Carlos, continua-t-il, que m'est-il donc arrivé ? Comment se fait-il que je me sois endormi si profondément ? Il est vrai que je n'avois guères dormi la nuit dernière. » Nous lui apprimes qu'il s'étoit trouvé mal en descendant l'escalier du château. « C'est donc un mal pour un bien, nous répondit-il, car je ne me suis jamais mieux porté. — Comment, lui demanda Astucia, vous ne vous souvenez pas qu'en descendant l'escalier?... — De quel escalier me parlez-vous là? dit Fernand? Je veux mourir si je me souviens d'un mot de ce que j'ai fait aujourd'hui...., Mais attendez; pardonnez-moi, il me semble que j'ai été à la messe du roi. J'y ai été, n'est-ce pas, don Carlos? — Très-certainement, lui répondis-je, j'étois avec vous. — Eh bien! répliqua-t-il, si vous ne me l'assuriez pas je croirois n'y avoir été qu'en rêve. »

Je vis avec plaisir, par la gaîté de sa conversation, qu'il n'avoit nul souvenir de ce qui s'étoit passé à l'égard des deux dames : je n'eus garde de le lui rappeler, et j'invitai, par mes signes, Astucia à imiter ma discrétion. Il me comprit, mais il lui échappa de dire : « Ce pauvre garçon

me fait peine ; il ne pourra point partir :
il doit être d'une faiblesse.... — Que
voulez-vous dire, Astucia répondit Fernand, avec votre foiblesse ? Et vous, don
Carlos, avec vos signes ? Moi foible ! Voulez-vous, Astucia, faire une gageure ?
Voulez-vous que nous courions jusqu'au
bout de la grande avenue du château, en
mettant pour condition que celui de nous
deux qui arrivera le dernier au but se
passera de dîner ? Soyez tranquille, don
Carlos, continua-t il, je partirai. Les engagemens pris avec un ami sont sacrés ; mais
ne vous y trompez pas, vous êtes dispensé
de toute reconnoissance, car c'est bien à
mon corps défendant que j'obéis à la parole que je vous donne. »

Sur ces entrefaites, mon père entra dans
la chambre où nous étions ; sans nous regarder ni Astucia, ni moi, il se tourna
vers Fernand, et lui dit : « Comment êtes-
vous, seigneur, Texado ? On m'a dit, en entrant ici, que vous vous étiez trouvé mal.

—Seigneur, répondit Fernand, Astucia et don Carlos le disent, il faut bien le croire: mais je voudrois que le seigneur Astucia crût que s'il veut laisser son dîner à celui de nous deux qui courra le mieux, il sera obligé d'attendre le goûter. « Mon père qui, depuis que nous l'avions joint, n'avoit vu aucun mouvement de gaîté à Fernand, sourit. Il m'ordonna ensuite de le suivre et nous laissâmes Fernand avec Astucia.

Mon père me conduisit dans le salon. Après m'avoir remis mon brevet, et les instructions dont j'ai eu l'honneur de vous parler, il me dit : « Don Carlos, les chevaux sont prêts; je vais emmener Fernand à l'Escurial, et de-là, après avoir vu le ministre des affaires étrangères, nous partirons de suite pour notre destination. Restez dans ce salon jusqu'à ce que la voiture se soit éloignée. Il ne vous serviroit de rien, ni à l'un ni à l'autre, de vous attendrir dans de derniers adieux. Il faut

brusquer les douleurs ; vous n'êtes plus des
enfans, accoutumez vous aux privations.
Comme je ne pus retenir les mouvemens
de l'affliction que me donnoit l'éloignement de mon père et de mon ami, que je
n'avois pas encore quittés depuis que je suis
au monde, mon père leva les épaules en me
disant : « Enfantillage , enfantillage ! Est-
ce que nous vous quittons pour toujours ?
Don Carlos continua-t-il d'une voix ferme,
je vous défends de me suivre. Encore ce
léger sacrifice. » Je me jetai alors dans ses
bras ; il répondit à mes caresses, et je crus
m'appercevoir qu'il s'attendrissoit à son
tour ; mais il se débarrassa tout-à-coup de
mes bras, et me dit en s'en allant : « Don
Carlos , parole d'Hidalgos , Fernand sera
aussi bien avec moi que vous y seriez vous-
même : assurez-en sa famille, lorsque vous
aurez occasion de la voir. Votre mère viendra vous joindre aujourd'hui ou demain,
comportez-vous toujours avec elle, comme
vous vous comportez avec moi. »

En disant ces derniers mots, mon père s'échappa plutôt qu'il ne sortit, et poussa brusquement la porte du salon derrière lui. Je tombai sur un sopha, sans connoissance, sans sentiment. Je ne me plaignois pas, je ne pleurois pas ; mais cette séparation d'avec mon père, d'avec mon ami, me fit éprouver un déchirement dont je ne puis rendre la douleur. Je tombai ensuite dans une rêverie, dans une stupeur qui tenoit de l'imbécillité. Je ne sais pas combien de tems je restai dans cet état qui ressembloit à une véritable mort. J'en fus retiré par le bruit d'une voiture. Un autre à ma place eût couru, eût volé. Moi, madame, je cherchai à me dissimuler mon malheur; je me flattai qu'un contre-tems, que de nouveaux arrangemens, que l'oubli de je ne sais quoi qu'on auroit laissé à Madrid... Enfin, j'osai espérer que ce voyage étoit au moins retardé. Je m'avançai lentement vers la croisée. Tout mon corps frissonna, quand je vis que la voiture,

dont le bruit m'avoit réveillé de ma lé-
thargie, étoit le carrosse de mon père qui
s'éloignoit. Je ne pus plus douter qu'il ne
fût dans cette voiture, car je le vis qui
passoit la tête par la portière, regardant
vers la croisée où j'étois, et saluant de la
main Astucia qui se tenoit sur la porte.

Lorsque j'eus perdu le carrosse de vue,
il me sembla que j'entrois dans le néant,
que la nature entière m'abandonnoit. Je
me promenois tristement dans le salon,
j'étois concentré dans une douleur profonde. Puis m'armant de courage contre
moi-même, j'eus quelque honte de me tant
affliger d'un événement qui, après tout,
me disois-je, n'est qu'honorable et utile à
mon père, et qui promet à mon ami un
avenir heureux. Vous l'avouerai-je, madame? de la tristesse, je passai à une espèce de joie; je ressentis une véritable consolation, en songeant que dans le fond j'é-
tois seul à souffrir de cette séparation. J'en
témoignai ma reconnoissance à Dieu; je

tombai à genoux, je recommandai à sa bénédiction le voyage de mon père et de mon ami.

J'étois dans cette attitude, les mains jointes, les yeux levés vers le ciel, lorsque le seigneur Astucia vint me joindre. Il s'arrêta en me voyant dans cette posture. Je me levai, et oubliant la position où je venois de me mettre, je lui criai: « Où sont-ils, seigneur Astucia? — Où sont-ils? répéta-t-il: de qui voulez-vous parler? — Don Pedro, Fernand? — Belle demande! — Et que voulez-vous que je vous demande, si je ne demande pas cela? — Ils sont partis. — Ils sont partis! et Fernand? — Il est parti, vous dis-je. — Comment a-t-il pu se résoudre? Je n'aurois jamais cru qu'il se fût déterminé.... qu'il eût pu me quitter si résolument, — Que vous êtes bon! le voilà certes bien à plaindre! J'en connois qui envient son sort, et voudroient être à sa place. — Quelles objections a-t-il faites à mon père? Contez-moi cela,

cela, seigneur Astucia. — Il n'en a fait aucune. Don Pedro en vous quittant, est venu
nous trouver, et sans compliment, a dit à
Fernand : « Dépêchons-nous, seigneur Fernand, les chevaux sont prêts ; partons,
suivez-moi. — Mais, seigneur, a répondu
Fernand, où est don Carlos? — Je lui ai
défendu, a dit don Pedro, de vous voir ;
non, non, il ne vous verra point. — Puis-
je, a répliqué Fernand, partir sans savoir…?
Peut-être que son état, sa santé, dans ce
fâcheux moment…. — Il sait, a répliqué
votre père, être raisonnable quand il le faut.
Point, point de réflexions, seigneur Fernand ; nous aurons le tems d'en faire quand
nous serons à Naples; encore un coup,
dépêchons. » Sur cela, don Pedro sortit, et
Fernand le suivit avec la docilité d'un écolier. — Quoi! sans mot dire? — Sans mot
dire. Seulement, lorsqu'il a été dans la galerie, et vous l'avez sûrement entendu, il
s'est mis à crier : « Don Carlos, don Carlos, entends la voix de Fernand ; recon-

Tome I. G

nois la voix de ton ami; adieu, adieu :
aime-moi toujours!» — «Ah! oui, oui je
l'aimerai toujours, et mille fois plus que
moi - même, me suis - je écrié à cet endroit du récit d'Astucia. »

Il est heureux, madame, que je n'aie
pas entendu ces derniers cris de votre fils,
car s'ils eussent frappé mon oreille, je ne
sais pas s'il m'eût été possible d'obéir à mon
père. Je demandai encore à Astucia :
« Fernand étoit-il bien affligé? — Il paroissoit l'être ; et véritablement je crois
qu'il auroit voulu un autre nœud à l'intrigue amoureuse qu'il avoit commencée.
Il faut convenir que cette Joséphine, qui
est sortie on ne sait d'où, et qui est venue
encore-là tomber comme un spectre, avec
ses longs habits de deuil, est fort jolie; je
ne dis pas assez, c'est une beauté accomplie.
Avez-vous sur-tout remarqué la blancheur,
la rondeur de ce bras, cette main, ces doigts
qui semblent pétris, arrondis par l'amour?
Ce n'est qu'en Espagne qu'on voit de ces

beautés-là. — Ce n'est pas là ce que je vous demande, seigneur Astucia. Je n'ai plus qu'une question à vous faire. Fernand a-t-il embrassé son bon papa ? — Qui ? — Cascara. — Non ; don Pedro avoit ordonné à tous les domestiques qu'il laisse ici, de rester renfermés jusqu'à ce qu'il fût parti. — Et n'a-t-il rien fait dire pour lui ? — Avant que votre père vînt nous joindre, il m'avoit témoigné son étonnement de n'avoir pas vu Cascara depuis le matin. En cas, m'avoit-il ajouté, que je ne puisse pas le voir avant de partir, je vous prie de lui dire que je l'embrasse de tout mon cœur lui et ma nourrice. »

« Permettez, don Carlos, continua Astucia, que je vous fasse à mon tour une question. Comment vous trouvez-vous de cette scène-ci ? Il vous est douloureux sans doute de vous séparer de Fernand : cette perte, qui pourtant n'est que momentanée, vous doit être sensible ; mais avec le nom que vous portez, il convient d'éten-

dre vos vues, de former des liaisons qui
vous fassent remarquer avantageusement
dans le monde. Vous êtes jeune. Ce que
vous faisiez-là, quand je suis arrivé, étoit un
enfantillage : je vous ai surpris à genoux,
les mains jointes, priant Dieu. Certes c'est
bien fait de prier Dieu ; mais, au métier
des armes, ces mouvemens doivent être ré-
primés. Vous voilà colonel, et un colonel
ne prie pas Dieu comme une religieuse. »

Je remerciai Astucia, en le priant toutefois d'être très-convaincu que je n'aurois
jamais besoin de ses conseils, ni de ceux
de personne, sur ce que je devois à mon
nom, à mon rang, à mon honneur. Je le
priai également d'être convaincu qu'il ne
me seroit jamais possible de former une
liaison qui me convînt mieux, ni qui me
fût plus précieuse, à tous égards, que celle
que j'ai eu le bonheur de former avec votre
fils.

Voilà, madame, tout ce qui s'est passé
entre lui et moi, jusqu'au moment où nous

nous sommes séparés. Je compte que vous voudrez bien pardonner la longueur de ces détails en faveur de la persuasion où j'ai été que, regardant uniquement votre fils et moi, ils ne pourroient manquer de vous intéresser. Je vous prie de vouloir bien les communiquer, dans le cas toutefois où vous le jugeriez à-propos, à mademoiselle Bénédictine et à mademoiselle Rosalie, et de me permettre de présenter à l'une et à l'autre, mes respectueux hommages.

J'ai obtenu, avec la permission de mon père, un congé pour retourner auprès de ma mère à la fin du mois prochain. Il y a apparence que nous passerons le reste de la belle saison à la campagne ; mais il me sera permis avant d'y aller, de faire quelque séjour à Madrid. J'attends de vos bontés, que vous voudrez bien me permettres de vous rendre mes devoirs chacun des jours que j'y passerai, comme vous me le permettiez ci-devant.

E E T T R E I J I.

Don Juan SPINOLETTO à Inigo ASTUCIA.

Aranjuez, 30 Juin 17. . .

VOUS vous croyez fin, seigneur Astucia. Vous, fin! Vous n'êtes qu'un sot. Un empereur romain fit son cheval sénateur : j'étois plus fou que cet empereur, en voulant vous faire secrétaire d'ambassade.

Comment avez-vous pu laisser passer à un autre votre nomination à ce poste? Comment n'avez-vous pas eu l'industrie d'empêcher ce petit Texado de vous l'enlever? Si vous n'avez pas su faire réussir une affaire à la quelle vous aviez un si puissant intérêt, un intérêt personnel, comment feriez-vous réussir celles où moi seul je serois intéressé?

La sottise que vous avez faite en laissant rompre une partie que moi-même j'avois pris la peine de lier, est inexcusable. Tâchez du moins de la réparer par la conduite que vous tiendrez désormais. Comportez-vous comme il est convenu auprès de votre élève ; vous n'avez plus là don Pedro pour vous arrêter. Jetez-moi ce jeune homme dans le grand monde, et sur-le-champ. Qu'il jure, qu'il boive, qu'il se batte. C'est en faisant du bruit qu'on se fait remarquer; c'est en criant du matin au soir, *place*, *place*, qu'on s'avance. Et sur-tout, Astucia, que je n'entende plus parler de toute cette *texadaille*.

Vous pouvez m'écrire à Aranjuez : j'y serai encore long-temps. Que cela ne vous étonne pas! J'ai renoncé au monde, je me suis réformé; j'ai changé mon train de vie; je fais pénitence; il ne me manque plus que l'habit d'hyéroninuite ; mais cela viendra peut-être un jour. Le matin, je fais ma méditation devant la *Vénus*.

G 4

(1) Je puise dans la contemplation de ses formes voluptueuses, de sages résolutions ; je fortifie mes désirs. Le soir, je mets en pratique mes résolutions du matin. J'entre dans ce boudoir enchanté que vous appelez avec raison mon oratoire. Je me mets en prière sur le bord de ma fenêtre, devant ces jeunes nymphes qui se baignent dans le Tage. Je prends mes castagnettes, mon tambour de basque ; je chante leurs appas. Elles sourient à ma ferveur ; elles m'invitent souvent à les invoquer de plus près. Je descends ; je me mêle à leur bande ; je danse avec elles *le fandango*. Il plait toujours à quelqu'une de m'exaucer : elle daigne embellir de sa présence mon oratoire, et ma journée se termine par les extases. C'est, comme vous le voyez, vivre en saint hyéronimite.

Adieu, Astucia : si vous ne voulez pas que je vous abandonne, soyez attentif à me complaire.

---

(1) C'est une superbe statue de marbre qu'on voit à Aranjuez.

LETTRE IV.

Fernand TEXADO à don Carlos de MASSARÉNA.

Naples, 1ᵉʳ. Juillet 17....

JE vous tiens parole, mon cher et très-aimable ami, et je viens de suite à la conduite que tient à mon égard votre père. Depuis Madrid jusqu'à Naples, il ne m'a parlé que par monosyllabes: *Oui, non, peut-être, on verra, j'y penserai, bon, bon, à d'autres, chansons, jolie, quel conte! vision, puérilité, vrai cela, bien pensé, à merveille.*

Voilà la très-intéressante conversation de votre très-honoré père dans le long trajet de Madrid à Naples. Arrivé ici, il sembla m'oublier; il ne m'évitoit pas;

G 5

mais je lui voyois, sinon un air de contrainte, du moins.... je ne sais trop que vous dire, cela ressembloit à de la distraction : ses yeux ne me disoient pas plus que sa bouche. Un matin, il monte dans ma chambre ; j'écrivois. « A qui écrivez-vous-là ? — A ma mère. — Rien de mieux. » Et il s'en va. Une heure après, il remonte. J'écrivois encore. « A qui écrivez-vous-là ? — A un de mes amis. — Soit ; mais finissez, je vous prie : il faut que le service du roi se fasse ; remettez cela à une autre fois. » J'obéis.

Quelques jours après, même visite, à la même heure. J'écrivois encore. « A qui écrivez-vous là ? — A un de mes amis. — Vous êtes donc l'ami du genre humain? » Et il s'en va. Une heure après il revient. J'écrivois encore. « A qui écrivez-vous là? A un de mes amis? — Combien donc avez-vous d'amis ? — C'est toujours le même, seigneur. « C'étoit en effet à Wanderghen que j'écrivois la première fois que votre père m'avoit honoré de sa visite, et c'étoit encore à Wanderghen que j'écrivois cette seconde fois.

Don Pedro me parut prendre de l'humeur. « Seigneur Texado, me dit-il du ton d'un maître absolu, vous êtes ici au service de notre souverain, et non à celui des gens qu'ils vous plaît d'appeler vos amis; je ne veux point de ces longues écritures. » L'air, le reproche de don Pedro, sa manière injurieuse de relever le mot *amis*, me piquèrent: je me sentis du dépit; la rougeur me monta au front; je lui répondis avec fierté : « Il est possible, seigneur, que mes écritures vous déplaisent ; mais je ne sache pas avoir donné à votre Excellence le droit de me parler comme elle parleroit à .... — Quoi! Que voulez-vous dire? Achevez. — A un laquais. — Fi ! s'écria don Pedro; ô l'horreur! Quelle idée ! Quel mot vous est échappé là, seigneur Texado! Je suis fâché qu'il soit sorti de votre bouche. Moi! moi! à une pèrsonne qui a l'honneur de servir le roi. Vous m'affligez, seigneur Texado ; vous m'avez mal compris. J'ai entendu vous dire que vous étiez ici l'homme de la nation ; c'est vous rappeler assez clairement, je crois, que vous n'êtes pas plus le mien que celui de qui que ce soit au monde. « Cela dit, don Pedro se retira assez brusquement.

Quand je fus seul, je repassai l'un après l'autre tous les mots de la réponse que je lui avois faite. Je la trouvai sotte, déplacée, insolente. Je ne doutai point qu'il ne fût irrité. Je me rappelai avec quelle humble soumission, avec quel profond respect lui parloient tous ceux qui sont attachés à sa personne. Quelle apparence, me disois-je, que son Excellence ne soit pas outrée qu'un petit écolier ose lui tenir tête, et lui parle sur ce ton? Allons, continuai-je, Texado, te voilà, en disgrâce. Il te faudra faire le voyage de Madrid, et retourner aux écoles de droit. Le mal ne sera pas bien grand; si je perds le père, le fils me restera, et je me rapprocherai de mon adorable Jospéhine; il n'y a pas là de quoi se désespérer, il faut plutôt s'en réjouir.

Don Pedro dîna ce jour-là à l'hotel, il ne me parla pas pendant le repas; ce qui ne me surprit point, parce qu'il n'y avoit rien de particulier dans son silence. C'étoit sa manière d'être de tous les jours. Je ne remarquai même dans ses yeux, dans sa contenance, aucun signe de mauvaise humeur. En prenant le café, il rompit enfin le silence; il me dit : « Seigneur Texado, serez-vous libre tantôt? — Parfaitement libre. —Dans ce cas-là voulez-vous m'accorder un quart-d'heure d'entretien? — Seigneur, je suis à vos ordres. — Eh bien, obligez-moi de passer après *la sieste*, dans mon cabinet; j'y serai seul.» Vous pensez bien que dans l'attente de cette conversation, je n'étois pas d'humeur à sommeiller. Ma sieste se passa à m'asseoir, à me lever, à me promener, à prendre un livre, à le remettre à sa place, à rajuster ma guittare, à penser à vous, à Joséphine, à mon retour en Espagne. Enfin, quatre heures sonnèrent à toutes les pendules de l'hôtel. Il n'y avoit plus moyen de reculer. Je descendis, j'entrai en tremblant dans le cabinet de don Pedro. Je le trouvai assis dans un fauteuil, les jambes croisées, le chapeau sur la tête, la *Gazette de la Cour* dans une main, la tête appuyée sur l'autre, et le coude sur la table. En me voyant, il ne bougea point, n'ôta point son chapeau ; mais posant sa gazette sur la table, et me montrant un fauteuil qui étoit vis-à-vis le sien, il m'invita à m'asseoir.

Ce cérémonial étoit du nouveau. Chaque fois que j'étois entré chez don Pedro, il s'étoit levé, et nous étions restés debout l'un et l'autre pendant toute la conversation. Cette nouveauté me sembla présager quelque chose de bizarre. J'obéis ; je m'assis, tenant modestement mon chapeau à la main, et attendant avec impatience ce qu'il avoit à me dire : il me parla ainsi :

« Lorsque je quittai Madrid, je chargeai mon fils d'une commission pour vous. Je voudrois savoir s'il s'en est acquitté. » Sans me donner le tems de lui répondre, et remarquant que je mettois mon chapeau sous le bras, il me dit : « Vous vous tenez découvert; vous avez raison, car il fait bien chaud aujourd'hui, et je ne vois à cet égard, nulle différence entre le climat de Naples et celui de Madrid ; et véritablement nous sommes ici sous le même degré de latitude; si ce n'est qu'à cause de la mer, les matinées et les soirées sont plus fraîches à Naples qu'à Madrid. » En finissant cette interruption, don Pedro ôta son chapeau, le posa sur la table, s'essuya le front, et me dit : « Revenons, s'il vous plaît, à notre conversation. — Seigneur, lui répondis-je, si vous n'avez la bonté de m'expliquer la nature de cette commission, j'aurai de la peine à satisfaire à votre question. — Je l'avois chargé de vous remettre quelque.... » Je vis qu'il avoit de la peine à prononcer le mot *argent*. Je ne puis vous dire, mon cher don Carlos, combien cette délicatesse me parut ravissante ; j'en fus affecté au-delà de toute expression ; je fus tenté de lui sauter au col, comme j'aurois sauté au vôtre. Je me retins. Je lui répondis: « Don Carlos me remit de votre part cent cinquante piastres. — Et que vous dit-il en vous les remettant ? — Il me dit que vous m'assuriez quatre cent cinquante piastres de traitement annuel. — Il ne vous dit rien de plus ? — Il ajouta que je recevrois le premier quartier lorsque je serois à Naples. — Rien de plus ? — Rien de plus. — Eh bien! ce n'est pas cela, nullement cela. Ou dans les embarras inséparables d'un départ, je me suis mal expliqué, ou don Carlos a mal rendu ce que je lui ai dit. Je ne vous dois pas plus

de traitement que je n'en dois à don
Carlos. Vous et moi avons l'honneur de
servir le roi, et sa majesté n'entend pas
qu'on la serve pour rien ; il y a des ho-
noraires attachés à votre place comme à
la mienne. Ce que j'ai donc à vous remettre, vous le tenez, seigneur, de la libéralité du roi seul. Il accorde trois cents
piastres à ses secrétaires d'ambassade ; aucun de ceux qui sont au service des autres
puissances, n'en reçoit autant. Il y a mieux :
sa majesté, sur l'observation que j'ai pris
la liberté de lui faire, que vous apparte-
niez à une famille peu riche, a daigné
ajouter pour vous nommément..... entendez vous ? pour vous nommément, cinquante piastres. Vous êtes donc intéressé
à bien servir le roi, par le devoir de votre
place, par le plaisir qu'il y a à bien conduire les affaires d'un tel maître, et par la
reconnoissance. Ses intentions et ses ordres
sont que nul ici ne reçoive, soit d'un Espagnol, soit d'un étranger, une seule obole ;

qu'on délivre gratuitement tous les papiers qui s'expédient à des particuliers de quelque nation qu'ils soient ; qu'on fasse également gratuitement toutes les démarches dont on peut être requis. Vous y aurez l'œil ; et si le secrétaire ou quelqu'un de ceux qui sont sous votre dépendance, recevoit un seul mavarédis, vous m'en avertiriez ; il seroit renvoyé sur-le-champ.

» Quant à moi, seigneur Texado, je ne suis pas riche ; mon modeste hôtel de Madrid ; ma *casa del Prado*, ma terre de *Monte-Major*, voilà tout ce que je possède dans le monde. Ma *casa del Prado* et ma terre de *Monte-Major* ne me rapportent pas ensemble annuellement huit mille piastres. L'hôtel de Madrid et la *casa del Prado* me viennent de ma femme ; sans elle, don Pedro de Massaréna seroit un pauvre hobereau. Il est vrai que don Carlos doit un jour hériter de son oncle maternel don Juan de spinoletto qui a de grands biens dans l'Arragon, dans l'Andalousie , dans les deux Castilles et dans les deux Indes. Mais cet héritage est écrit au chapitre du futur contingent. Don Juan a des goûts bizarres , extravagans ; il peut livrer ses biens à la dissipation. Il s'est marié deux fois ; ses deux femmes sont mortes sans le rendre père. — Il peut se marier une troisième fois; il peut être plus heureux cette troisième fois; il n'a que cinquante ans , et il est bien naturel qu'il désire avoir un héritier de son nom.

» Si le roi donc me retiroit ses bienfaits, je serois hors d'état de figurer dans le monde. Ajoutez à cela que l'entrée qu'y fait aujourd'hui don Carlos m'oblige à une forte dépense ; il lui faut une maison, des gens , des équipages et une table, lorsqu'il est à son régiment. Cependant, quelque précaire que soit ma situation , je n'en durerai jamais que vous manquiez, je ne dis pas du nécessaire, mais de ces superfluités qui servent à contenter les fantaisies de votre âge. D'ailleurs , il convient

de vous élever à la dignité d'homme de
Sa Majesté : et que repoussant toujours
fièrement toute largesse, tout présent,
vous puissiez aussi en certaines rencontres,
montrer aux étrangers que l'âme d'un Espagnol est grande, et qu'il met au nombre des premières vertus, le désintéressement et la générosité. En conséquence,
et pour completter les quatre cent cinquante piastres que vous a promises mon
fils, j'ajoute personnellement cent piastres.
Réglez-vous sur cela, comptez avec vous ;
si vous ne comptez pas bien, ce sera tant
pis pour vous ; car dussions-nous être le
reste de nos jours, moi ambassadeur, vous
secrétaire d'ambassade, je n'ajouterai rien
de plus.

» Ceci, seigneur Texado, est une affaire entre vous et moi ; elle ne regarde
point mon trésorier, elle ne regarde que
moi. » En disant cela, il ouvrit un tiroir,
en tira un sac, et le posa sur la table.
« Voilà, ajouta-t-il, qui part du premier

Mai, puisque c'est dans le mois de Mai
que nous avons quitté l'Espagne. Ainsi,
au premier Août prochain, il vous en reviendra autant. Faites-moi votre quittance
du quart de trois cent cinquante piastres;
vous la ferez de même somme à chaque
quartier. » J'étois hors de moi; mille pensées remplissoient mon cœur de sentimens
que je n'avois pas encore éprouvés; j'étois
ivre de reconnoissance, et je ne trouvois
pas un mot pour l'exprimer. Enfin, d'une
voix tremblante, je me hasardai à dire :
« Mais, seigneur, si dans ce sac il y avoit
le quart de quatre cent cinquante piastres. . . . . — Oui, oui, il y est. Eh bien!
que s'ensuit-il? — Dans ce cas, la quittance. . . . . — Dans ce cas, comme dans
tout autre, la quittance doit être telle que
je la demande. Je parle intelligiblement :
je la veux du quart de trois cent cinquante
piastres, ce qui fait quatre-vingt-sept piastres et seize réaux. Faites, faites comme
je vous dis. »

Je n'osai répliquer ; je pris une plume, une feuille de papier, et pendant ce tems-là, don Pedro se mit à continuer la lecture de sa gazette. Je fus obligé de recommencer trois fois cette malheureuse quittance. Je me mouchois : j'essuyois mes yeux ; mes larmes effaçoient ce que j'écrivois. Quand j'eus fini , je lui présentai mon papier ; il le lut et l'enferma dans son tiroir. Je crus de mon honneur de lui exprimer, comme je le pourrois, que je n'étois pas un ingrat ; je fis un effort incroyable pour m'enhardir, et je balbutiai ces mots : « Seigneur, vous me subjuguez..... — Ce n'est pas mon intention. — Je veux dire que vous m'enchaînez.... — Ni de vous enchaîner. — J'entends que mes plus fortes répugnances, mes plus chères inclinations cèdent.... — Parlons d'autre chose, me dit-il en m'interrompant et en se levant. Il s'avança alors vers la cheminée, et me montrant deux paquets cachetés , il me dit : « Il faut, seigneur Texado, faire mettre les chevaux à la voiture, et porter ces deux paquets à leur adresse. Vous les remettrez l'un et l'autre de la part du roi, notre maître ; vous exigerez qu'on dresse procès-verbal de la remise que vous en ferez, et demanderez une expédition de ce procès-verbal, que vous mettrez parmi nos papiers, au rang où elle doit être. Ces paquets contiennent, comme vous pourrez le voir, un signalement qui me fut donné à mon départ de Saint-Ildephonse. Je ne regarde pas comme bien importantes les précautions que nous prenons ; car je ne pense pas que ce misérable vienne chercher un asile chez un souverain qui porte le même nom que le nôtre ; mais à l'Escurial ils ont cette affaire fort à cœur, et il convient que nous nous mettions en règle. Adieu, seigneur Texado, continua don Pedro ; je ne veux ni vous subjuguer, ni vous enchaîner, ni contraindre vos plus fortes répugnances, vos plus chères inclinations. Adieu. Si cet entretien ne vous

a pas déplu, j'en aurai encore un a⟨v⟩
vous, sous quelques jours, où j'aurai à vo⟨⟩
parler de choses qui vous sont plus part⟨⟩
culièrement personnelles. »

Voyant que don Pedro n'avoit plus rie⟨⟩
à me dire, je lui fis une révérence fo⟨rt⟩
humble, et je crois fort gauche. Je jetai u⟨n⟩
coup-d'œil sur le sac de piastres : mais j⟨e⟩
sentis de la honte à y porter la main, et j⟨e⟩
me retirois feignant de l'oublier. Je n'al⟨lai⟩
pas loin ; il m'appela et me dit : « Puisq⟨ue⟩
j'ai la quittance, vous devez avoir l'argent⟨.⟩
Prenez donc ce sac ; il n'est nullement né⟨⟩
cessaire que ce soit un domestique qui vou⟨s⟩
le porte. » Je rougis, je pris le sac d'une⟨⟩
main tremblante, je fis une nouvelle rév⟨é⟩
rence plus gauche que la première, et me⟨⟩
retirai cette fois-ci tout de bon. Je monta⟨i⟩
dans mon appartement ; j'enfermai mo⟨n⟩
trésor dans mon secrétaire ; je descendis⟨,⟩
je montai dans un des beaux carrosses d⟨e⟩
son Excellence, et allai remplir ma mis⟨⟩
sion, non avec la timidité d'un bachelier,⟨⟩
mai⟨s⟩

mais avec la dignité d'un envoyé de Sa
Majesté catholique. Vous eussiez ri, don
Carlos, si vous eussiez entendu avec quelle
noble gravité je faisois retentir ces mots :
Le roi mon maître. On me délivra sur-
le-champ l'expédition du procès-verbal
que je fis dresser ; je revins chez moi ; je
la plaçai dans mes papiers, sans m'arrêter
cependant à la lire, puis me jetant sur un
fauteuil, je tombai dans un abîme de réflexions.

Je ne vous ennuierai pas de toutes les
idées qui me passèrent par la tête ; il y en
eut de folles, il y en eut de sages. Je finis
par me persuader que vous et don Pedro
étiez d'intelligence ; que vous étiez des en-
chanteurs qui croyiez avoir trouvé le secret
de me lier au char de la fortune, char sur
lequel je ne me soucie nullement de che-
miner, si Joséphine n'y monte avec moi.
Il me la faut, mon cher ami ; il me la faut :
sans elle, tout ce que les hommes estiment
le plus n'est rien pour moi. Avec elle, dans

Tome I.   II

un désert, dans une chaumière, je trouve tout ce que je désire.

Voulez-vous que je vous le dise, mon cher don Carlos, là franchement, avec la naïveté de Rosalie? Toutes mes préventions contre don Pedro ont repris leur force. Je ne suis pas ingrat; mais je ne veux pas être esclave : je n'entends pas qu'on se mêle de mes affaires plus que moi-même. On ne cache pas si bien son jeu, que je ne voie à merveille qu'on sait aussi bien que moi mes sentimens, mes projets à l'égard de Joséphine; et je gagerois que ce nouvel entretien, qui n'a pas encore eu lieu, ne roulera que sur ce sujet. On veut mon bonheur : eh bien! il n'y a qu'une route pour m'y conduire; c'est de m'aider à renverser tous les obstacles qui m'empêchent de me rapprocher de Joséphine ; c'est de travailler avec moi à lever le voile qui me cache cette céleste inconnue.

Remarquez encore que les monosyllabes,

les coups de tête, tous ces signes, tous ces riens par lesquels les grands avertissent les petits, qu'ils veulent bien les protéger un peu, ont recommencé. Ensuite est arrivée l'aventure de Balbuena, et cette aventure est si loin de mon caractère, qu'elle me révolte presque. Il a beau dire, il veut me subjuguer, m'enchaîner ; et je ne veux être ni subjugué, ni enchaîné, ni même protégé.

Le sort en est jeté, je pars, cher Théramène, non pas sur-le-champ, puisque j'attends le nouvel entretien ; mais ce nouveau sermon essuyé, je m'affranchis de l'esclavage. Je me rapproche de ma chère Joséphine. Respirer le même air que respire Joséphine, suffit à ma félicité.

Mon bon Carlos, quelle idée vous faites-vous de moi ? Je vous tourmente, je vous afflige : hélas ! plaignez-moi, je ne saurois qu'y faire. Quand je pense à vous, mes sens s'appaisent, mon sang se rafraîchit, mon âme devient paisible comme la vôtre ; mais quand je pense à Joséphine, mon

cœur palpite, ma tête se dérange, j'ai la
fièvre, j'ai le délire. L'amitié toute seule
n'a donc pas assez de force pour nous
rendre heureux ? Pourquoi cette tumul-
tueuse passion est-elle entrée dans mon
cœur ? Mais dépendoit-il de votre ami de
se défendre des charmes de Joséphine ?
Dites, dites, connoissez-vous sous le ciel
une beauté plus accomplie ? Dépend-il de
moi d'oublier ce rare assemblage de perfections ?

Adieu, encore une fois, plaignez-moi ;
mais aimez-moi comme vous m'avez toujours aimé.

LETTRE V.

Marie-Figuera TEXADA à Fernand TEXADO.

Madrid, 1ᵉʳ. Juillet 17...

JE vous l'ai toujours dit, mon fils, vous avez de l'esprit, mais votre tête romanesque me donne de très-vives inquiétudes sur votre sort à venir. Puisque vous ne savez pas encore vous conduire, que ne vous laissez-vous conduire par ceux qui ont plus d'expérience que vous, et qui ne veulent que votre bien? Soyez raisonnable. Votre père, homme d'un grand mérite, mais qui avoit trop d'insouciance pour ses affaires et pour l'établissement de ses enfans, est mort, comme vous le savez, sans fortune. Ne devez-vous pas vous estimer heureux des avantages que vous procure l'amitié de don Carlos de Massaréna, et sur-tout de la position où elle vous a placé ? Qu'eussiez-vous fait ici que de m'être à charge ?

Comment ne rougissez-vous pas de me parler encore de votre Joséphine que personne ne connoit ? Mais on la connoîtra, le seigneur Wanderghen me l'a promis, et vous verrez que cela n'est rien. Quand ce seroit une fille bien élevée, comme vous le prétendez, que vous proposez-vous de faire ? Vous avez eu vingt-deux ans, le 18 du mois de mai dernier ; devez-vous, à votre âge, n'ayant ni état ni fortune, songer à un établissement ? Prenez exemple sur le seigneur Wanderghen, il a plus de vingt-cinq ans, il est recherché par plusieurs familles, et cependant il ne songe point à se marier ; il veut, dit-il, avant d'y songer, se donner dans le monde un rang distingué. C'est ainsi qu'il faut penser quand on est raisonnable.

Tenez-vous donc où vous êtes, mon fils,

et ne me parlez plus de cette Joséphine.
Si l'absence ne peut pas vous guérir de
votre folie . ne m'obligez pas à chercher un
autre remède pour vous empêcher de vous
mettre de ces sortes d'extravagances dans
l'esprit. Profitez des bontés de don Pedro
de Massaréna , et sur-tout mettez-vous
bien avant dans la tête que si vous veniez à perdre votre place, il me seroit impossible de rien faire pour vous. Bénédictine a
dix-neuf ans accomplis; il est tems que je
songe à l'établir. Il est vrai que Rosalie a la
vocation de se faire religieuse ; mais il n'en
faudra pas moins qu'elle paie sa dot ; et la
chose ne peut se différer , puisque Rosalie
entre dans sa dix-septième année , et qu'elle
est pressée de prendre le voile. Vous voyez
que les dépenses où va m'entraîner l'établissement de vos deux sœurs, me mettroient
dans l'impuissance de vous aider dans vos
autres projets, si vous veniez à renoncer à
votre place.

Je vous souhaite , mon fils, une bonne

santé, et j'attends que vous me donnerez la satisfaction d'avoir égard à ce que
je vous marque aujourd'hui. Bénédictine
vous écrit. Je n'ai pas vu Rosalie depuis
qu'elle est retournée au couvent. Quand
on renonce au monde, il ne faut pas
chercher les visites du dehors.

LETTRE VI.

Bénédictine TEXADO à Fernand TEXADO.

Madrid, 2 Juillet 17...

MA mère m'ayant permis, mon très-cher frère, de vous écrire, je profite de sa permission, pour vous marquer que je n'ai rien à ajouter aux sages conseils qu'elle vous donne. Elle vous défend de lui jamais parler de Joséphine, et vous savez trop bien ce qu'on doit à une mère, pour ne pas obéir. Elle vous défend également d'écrire à Rosalie, parce que toutes vos lettres ne serviroient qu'à la distraire de ses exercices du couvent, et si ensuite elle venoit à en avoir du

H 5

dégoût, vous en seriez responsable devant Dieu et devant les hommes.

Le seigneur Wanderghen vient nous voir quelquefois; mais don Carlos n'a point encore paru depuis votre départ. Vous êtes trop heureux d'avoir un ami tel que lui; c'est un cavalier accompli; et ceux qui savent qu'il vous aime, ne comprennent pas que vous puissiez penser à autre chose qu'à vous maintenir dans ses bonnes grâces.

On dit que les étoffes de soie sont de la plus grande beauté à Naples : choisissez-en une qui soit de votre goût; et d'une couleur gaie. Vous m'en enverrez sept aunes. Vous y joindrez de quoi faire une large ceinture; il la faut longue : parce qu'on les porte ici traînantes. Vous me ferez passer cela par la première occasion sûre qui se présentera. Je vous brode une paire de manchettes. Adieu, Fernand, je suis toujours votre bonne sœur.

LETTRE VII.

Salomon W A N D E R G H E N à Fernand T E X A D O.

Madrid , 4 Juillet 17...

SALUT, honneur au secrétaire d'ambasssade. Te voilà, mon ami, sur le chemin des dignités et de la fortune : ne regarde pas derrière toi, et crois que je te donne un bon conseil. En amour, à la guerre, aux échecs, en politique, en toute affaire, il faut avancer et ne jamais reculer : c'est ma politique , ce doit être la tienne.

L'histoire de ton départ, dont je n'ai pas encore reçu toute la suite, vu la lenteur des couriers , ne m'a point étonné. On vouloit t'éloigner de ta Joséphine : c'est

H 6

là tout le mot de l'intrigue. Ta docilité à te laisser entraîner par don Carlos au-delà des monts et des mers, est ce qu'il y auroit de plus merveilleux dans l'histoire, mais elle ne m'a pas plus étonné que le reste. Je connois tes complaisances pour don Carlos, et je suis fort éloigné d'avoir le même empire sur ton esprit. Nous verrons cependant qui te servira le mieux de lui ou de moi. Tu veux Joséphine : eh bien ! elle sera à toi. Si le hasard ne me sert pas, l'intrigue s'en mêlera. Nous emporterons la place : les batteries sont déja dressées. Sancha connoît la tante et la nièce comme je te connois ; il a fait le mystérieux avec toi, il le fait avec moi ; mais je parviendrai à percer le mystère. Il a un garçon de magasin, appelé Ambroise, fait tout ex-près pour nous servir. Ce drôle sait, ainsi que Sancha, l'adresse des deux dames ; et si celui-ci ne veut pas nous la dire, l'autre la dira. Cet Ambroise, depuis qu'il manie des livres, depuis qu'il en charge son dos quatre ou cinq fois par jour, s'est mis dans la tête qu'il pouvoit faire aussi des livres. Il veut être auteur à quelque prix que ce soit; il passe les nuits à griffonner de la prose et des vers, et dès que je parois dans la boutique, il vient à moi, me tire à part et me lit ses sottises nocturnes. Tu comprends que je ne ris pas; cela n'iroit pas à nos vues. Je l'encourage au contraire; je le flatte, je le cajole, je le caresse si bien, que j'ai toute sa confiance. Me voilà son Mentor, son oracle, son Apollon. L'imbécille a maintenant sur le métier une comédie à grands caractères, dit-il, et en trois journées (1). Je lui en ai donné le sujet, tracé le plan, dessiné l'intrigue, indiqué le dénoûment, fixé le nombre des scènes. Il n'a plus que les dialogues à remplir. Tout

(1) Les auteurs espagnols divisent leurs drames par journées et non par actes. (*Note de l'éditeur.*)

émerveillé de ce travail, comme s'il fût sorti de son cerveau, il ma dit, dans l'effusion de sa reconnoissance, que si je mettois sa pièce en état d'être reçue des comédiens, il feroit pour moi tout ce que je lui demanderois.

C'est-là que j'attends mon homme : et quand nous saurons l'adresse de Joséphine, nous aurons bientôt sa personne. L'absence de Sancha, qui court l'Andalousie pour ses affaires, me donne les plus grandes facilités pour m'enfoncer dans la confiance de son Ambroise. Il y a quelque temps que je questionnai Sancha sur le compte de Joséphine ; je lui dis que puisqu'il l'avoit saluée en ta présence, c'étoit une preuve qu'il la connoissoit, et que le refus qu'il faisoit de nous apprendre qui elle étoit et où elle demeuroit, nous étoit injurieux, en ce qu'il nous supposoit des intentions auxquelles nos principes d'honnêteté ne lui permettoient pas de croire. Il continua à faire

le mystérieux. Je me fâchai, je jurai, je
pestai. Il se fâcha à son tour, il fit l'in-
solent, et me dit que j'eusse à me mêler
de mes affaires ; qu'il n'avoit aucun compte
à me rendre de celles d'autrui, et qu'il
ne m'en rendroit aucun. Je lui répondis
que c'étoit mon affaire personnelle et
très-personnelle, de déterrer Joséphine ;
que son opiniâtreté à éluder toute question sur le compte de cette jeune personne, cachoit un mystère que, ne fût-
ce que par curiosité, je voulois absolument éclaircir, que je l'éclaircirois ; et
que puisqu'il me piquoit au jeu, puisqu'il le prenoit sur ce ton-là, je saurois
bien, en dépit de lui et de tout ce qu'il
pourroit faire, pénétrer jusqu'à Joséphine ;
que, bon gré, malgré, elle en viendroit
où je voulois l'amener ; qu'il savoit bien
que je n'étois pas novice dans l'art de
conduire des affaires plus difficiles encore.
« Eh bien ! me dit-il, seigneur bachelier,
puisque vous prenez la chose ainsi, em-

portez vos manuscrits, vos *Observations
Philosophiques sur les Gouvernemens*;
votre *Nouvelle Tactique Militaire*; je
ne veux plus traiter avec vous; j'en serai
moins exposé à me brouiller avec l'inquisition, car vous écrivez quelquefois
des choses qui me paroissent fort mal
sonnantes. Adieu donc, seigneur Wanderghen; je vous prie de ne plus mettre
le pied chez moi. — Vous vous moc-
quez, lui répondis-je; est-ce que votre
boutique n'est pas un endroit public?
On entre ici comme on entre au spectacle, dans un café, dans un billard. Je
n'y venois qu'un moment dans la soirée;
j'y viendrai maintenant matin et soir;
je n'en bougerai plus. »

J'ai tenu parole : je me suis même
abstenu pendant plus d'une semaine,
d'aller à la campagne, pour ne pas manquer d'aller et le matin et le soir dans
la boutique de Sancha. Ne pouvant cependant plus rien tenter auprès de lui,

je me suis tourné du côté de son garçon
de magasin. Ambroise est à moi. Il ne
se sent pas d'aise quand je l'appelle mon
collègue en littérature. Je l'admets à mes
parties de plaisir quand il en a le tems.
Je lui ai fait faire connoissance avec les
principaux comédiens ; il fait même le
galant avec la petite Settenilla, et se
croit fort avant dans les bonnes grâces
du grave Antexageros.

Hier, je lui donnai, dans mon petit
jardin de là porte d'*Alcala*, une collation. Antexageros et la Settenilla furent
de la partie. Il est gourmand : il ne s'en
tint pas au fruit et au sorbet ; il lui fallut
des vins et des liqueurs, il en eut de
toutes les sortes ; il but outre mesure :
In vino veritas. Pressé par mes questions,
il m'avoua qu'il savoit tous les secrets
de Sancha, et qu'il en savoit autant et
peut-être plus que lui, sur le compte
de Joséphine et de sa tante, mais que
c'étoit-là de ces choses que la probité

ne permettoit pas de révéler. Probité
est son mot bannal, son mot favori: il ne
lâche pas une phrase qu'il ne l'y fasse
entrer. Je rompis la conversation ; nous
parlâmes de comédies. Ambroise parla
de la sienne, tira son manuscrit de sa
poche , et lut la besogne que je lui
avois faite, tout comme si elle eût été
son ouvrage. Quoiqu'il lise fort mal, Antexageros fut émerveillé ; il lui dit que
si je voulois promettre de retoucher sa
pièce , il répondoit que ses camarades ne
feroient aucune difficulté , sur ma simple recommandation , de la recevoir et
de la jouer. Ce fut au sortir de cette
collation , qu'Ambroise, tout enflé de la
réputation qu'il alloit acquérir, me protesta que si je voulois mettre la dernière
main à son drame , et le recommander
aux comédiens, il seroit à moi à la vie
et à la mort, et feroit tout ce que j'exi-
gerois de lui.

Tu vois, mon ami, que l'affaire est en

bon train, et que je ne néglige pas tes intérêts. Sois tranquille sur les suites ; ma prudence te répond des événemens ; les choses
se feront sans bruit, et tout réussira au
gré de tes désirs. Mais si je te sers, il faut
me servir ; l'amitié est un commerce où
chacun doit mettre du sien. Voici le fait :
je quitte la toge et prends le casque. Cette
idée t'étonnera au premier abord ; mais
je l'ai bien mûrie et aucune considération ne m'en fera départir. L'envie a fait
une mauvaise réputation à mon père, et
les brocards de la canaille l'ont entaché
d'un vilain sobriquet. J'ai besoin de me
décrasser. Deux carrières se présentoient
naturellement à moi : le barreau et les
belles-lettres ; le barreau ne me convient
pas. Dans nos gouvernemens modernes,
la tribune aux harangues n'est point un
théâtre assez brillant ; et pour un mortel privilégié qui s'y soutient avec éclat,
comme a fait ton père jusqu'à la fin de

ses jours, cent y trébuchent, en roulent
les marches au bruit des sifflets, tom-
bent et restent dans la fange ou dans
l'obscurité. D'ailleurs, mon extérieur peu
agréable, mon organe un peu rauque,
ne m'y feroient pas paroître avec avantage. Il faudroit donc consulter dans le
silence du cabinet. Or, sortir de la pous-
sière de l'école pour s'ensevelir dans celle
d'un cabinet, au hasard d'y attendre,
pendant des années, des causes qui me
fissent connoître, ce n'est pas la peine ;
cette route pour arriver à la considération publique, est trop précaire et trop
lente. J'aurois pu, il est vrai, acheter
une charge de juge ; mais à quoi cela
mène-t-il ? Un tribunal est un cul-de-sac
où l'on passe sa vie avec des plaideurs,
des alcades, des corrégidors, des al-
guasils et des bourreaux : c'est-là une
fort triste société. Et comment de ce cul-
de-sac, faire entendre sa voix à ceux qui

distribuent ces marques, ces distinctions
honorables dont on a besoin pour ne pas
être confondu avec le vulgaire ?

Restoit la carrière des belles-lettres.
Sans vanité je puis y acquérir quelque
gloire, et je ne sache pas qu'aucun de
ceux qui la parcourent, se soit fait une
plus ample provision de connoissances
que moi, ni qu'il les ait mieux digérées.
Mais qu'est-ce aujourd'hui dans le monde, que de n'être qu'homme de lettres?
La jalousie est toujours à vos côtés ; un
coup de sifflet peut vous faire taire, un
journaliste vous mettre à bas, une épigramme faire courir après vous tous les
polissons de la rue, sans compter que
l'inquisition n'aime pas toujours les élans
du génie. Le métier d'auteur, quand on
n'a que celui-là, expose trop, rapporte
trop peu, et vous encroûte toujours d'un
vernis de pédantisme qui, dans les so-
ciétés, vous laisse fort au - dessous d'un
sous - lieutenant. Il ne doit être qu'ac-

cessoire ; il faut réunir la profession
d'homme de lettres à une autre profession. Quand un homme recommandable
déja par sa fortune et par le rôle qu'il
joue dans le monde, fait imprimer un
écrit, oh ! alors il est écouté, les jour-
nalistes le louent, lui demandent sa protection : les gens de lettres se félicitent
de le compter parmi eux; ils le regar-
dent, non comme leur égal, mais comme leur Mécène; ils le recherchent, ils
le caressent ; toutes les portes des aca-
démies s'ouvrent à sa voix.

Voilà, mon ami, ce que j'ai pensé,
et le résultat de mes pensées a été que
je devois commencer par la voie des
armes pour m'élever aussi haut qu'il me
sera possible de monter. Dans un gou-
vernement tel que celui-ci, c'est-là la carrière brillante, et qui avec un peu d'a-
dresse et les connoissances toutes particu-
lières que j'ai en tactique, doit mener
à tout. L'éxecution de ce projet dépend

de toi seul : il faut que don Carlos me
procure une lieutenance dans son régiment. Je ne demande pas celle de la
compagnie des grenadiers, quoiqu'elle
soit vacante : je me rends justice ; je
ne trouve pas convenable qu'un homme
petit de taille commande à de beaux
hommes. Mais Astucia, à qui je me suis
ouvert de mon projet, vient de m'écrire
que, sous deux mois, la lieutenance de
la première compagnie de fusiliers va-
queroit, parce que le cavalier qui en
est pourvu, traitoit d'une compagnie de
dragons. C'est celle-là, mon ami, qu'il
me faut. Tu la demanderas pour moi
à don Carlos; écris-lui de suite à ce
sujet. Il vaut mieux que la demande
vienne de toi que de moi. D'ailleurs,
je ne le connois point assez; je ne l'ai
jamais vu sans toi; et la réserve et le
froid, j'allois dire l'aphatie de son caractère, ne m'ont pas permis jusqu'à
présent de former avec lui une liai-

son intime. Nous sommes convenus
Astucia et moi, que la demand
viendroit de toi, et que nous te laisse
rions agir tout seul. Règle-toi sur cela
Tu m'obtiendras, mon ami, cette lieu
tenance, et moi, je t'obtiendrai tout ce
qui peut flatter tes désirs amoureux. *Vale*

LETTRE

LETTRE VIII.

Moïse WANDERGHEN à Salomon WANDERGHEN.

Buen-Retiro, 1er. Juillet 17...

Rien de mieux pensé, mon cher Salomon, rien de plus judicieux que ce que tu m'as écrit l'autre jour sur tes nouveaux projets. Je donne la main à tout. Il faut, mon ami, avoir cette lieutenance. Ce plumet au chapeau, cette cocarde, cet habit uniforme, ces épaulettes, cette dragone à l'épée te donneront l'air de l'enfant d'un *de los primos*. Hâte-toi ; dès que tu auras ton brevet, je renoncerai au négoce. Je suis dans ce moment en marché pour la terre de Rio-Bello, qui est dans l'Estramadure, et

Tome I.   I

qui a le titre de marquisat. Je me retirerai là , vivant de mes rentes comme
un bon hidalgos qui a quitté la cour.
Nous prendrons le nom de la terre :
ainsi il n'y aura plus ni Moïse, ni Salomon Wanderghen. Qui est-ce qui ira
s'enquérir si je suis ou si je ne suis pas
circoncis, si je sors de Hollande ou du
Monomotapa ? On me prendra pour un
vieux chrétien, et toi, tu te feras appeler monsieur le marquis. Ecris donc
bien vîte, si tu ne l'as déja fait, à ce
petit Texado, pour qu'il finisse cette
affaire promptement. Tu comprends combien il me seroit désagréable de renoncer
à mon état, si cela ne devoit pas réussir. C'est ce qui fait que j'ai demandé
six semaines pour conclure le marché
de la terre. Si tu es bien servi, il ne
faut pas tant de tems au petit Texado
pour te répondre.

En attendant, il faudra que tu ailles
voir cette terre, pour m'en rendre compte.

Je ne peux pas y aller, moi ; mon
absence de ce pays-ci me nuiroit ; il est
juste que je continue mon négoce jusqu'au moment où tout sera conclu.

Tu réussiras, mon enfant, et je te
mettrai en état de faire une belle figure
au régiment. Je veux que tu aies un valet-
de-chambre portant l'épée, un laquais,
un postillon, une calèche, deux beaux
chevaux et deux beaux mulets andalous.

Je te répète, au reste, ce que je t'ai
dit cent et cent fois, que je ne connois en aucune manière ni Joséphine,
ni sa tante. Elles ne me donnèrent ni
leur nom, ni leur adresse, et se conten-
tèrent de prendre la mienne, en me disant qu'elles seroient exactes à retirer les
effets, et que si je venois à quitter Madrid ou Buen-Retiro, avant qu'elles les
eussent repris, elles me seroient obligées
d'instruire de ma nouvelle demeure le
seigneur Sancha, libraire, place Major.
Mais d'ailleurs, mon ami, ne te mets

I 2

pas en peine de cette affaire : ces femmes ne m'ont pas l'air de grandes dames. Elles ne marchandèrent pas, et furent fort empressées de prendre leur argent. Ces effets sont-ils véritablement à elles ? Peu m'importe; ils ne me seront point à charge , s'ils ne sont pas retirés au terme convenu. Parmi ces effets il y en a qui sont armoriés; il y en a d'autres qui portent un chiffre. Nous ne sommes pas bien savans en blason ni toi, ni moi, et quand nous le serions , à quoi nous serviroit de savoir à quelle famille appartiennent ces armoiries ? La seule singularité qu'il y ait dans cette aventure, c'est que, quelque tems avant que ces dames vinssent chez moi, un nommé Ambroise que je ne connois point, m'apporta une timbale et une écuelle, douze couverts d'argent et une montre d'or avec sa chaîne aussi d'or. En confrontant les armoiries des couverts avec celles qui sont sur les effets de ces dames, j'ai vu qu'elles se ressembloient parfaitement. Le chiffre qui est gravé sur le cachet pendant à la chaine de la montre, est aussi le même que celui qui est gravé sur une partie des bijoux de ces dames. J'ai prêté convenablement sur ces effets à cet Ambroise qui ne les a pas encore retirés. C'est tout ce que je puis te dire sur ces personnes.

Adieu, Salomon, adieu monsieur le marquis de Rio-Bello, lieutenant d'infanterie. La tête m'en tourne.

Fais ta cour à don Carlos; son père est en grande faveur. Tu as trop d'esprit pour ne pas comprendre qu'il est sage de se frotter contre les idoles d'or ; il s'en détache toujours quelques parcelles dont on fait son profit. Ne néglige pas non plus Astucia ; on le dit favori de don Juan de Spinoletto, grand de la première classe, riche et généreux. Nous voilà dans une veine de bonheur. De lieutenant, tu peux devenir capitaine ; de capitaine, colonel; de colonel, offi-

cier-général ; d'officier-général , peut-être
ministre , peut-être vice-roi..... Allons,
j'extravague. N'importe , il ne faut rien
négliger pour avoir cette lieutenance. A-
dieu , mon cher petit Salomon.

LETTRE IX.

Figuera TEXADA à Rosalie TEXADA.

2 Juillet 17...

VOTRE sœur vous porte, ma fille, une lettre que don Carlos m'a fait l'honneur de m'écrire, en date du 30 Juin dernier, et qu'il désire que vous lisiez. Dès que vous l'aurez lue, faites-en une copie bien lisible. Vous avez plus de tems que votre sœur, pour vous exercer à bien écrire ; et quand vous voulez vous appliquer, votre caractère est fort beau. Ce soir à cinq heures, votre sœur retournera au couvent prendre votre copie et l'original. Vous entendez, Rosalie, il ne faut pas vous amuser ; il faut que cela soit

I 4

fait ce soir à cinq heures, parce que j'écrirai par le courier de demain à Naples, et j'ai mes raisons pour envoyer cette lettre à don Pedro de Massaréna. Je garderai l'original et j'enverrai votre copie.

Conservez-vous toujours bien, ma fille, dans l'esprit de votre état. C'est un grand bonheur pour vous d'être appelée à la vie religieuse. On n'a dans le monde que des soucis ; jugez-en par les chagrins que m'a donnés votre frère avec cette malheureuse folie qù'il s'étoit mise en tête, et qui l'auroit perdu, si don Pedro de Massaréna ne l'eût emmené avec lui. Votre dot étant toute prête, vous pourrez, dès que le tems de votre probation sera fini, prendre l'habit de novice. Une fois que vous l'aurez pris, si vous veniez à vous en repentir et à vouloir rentrer dans le monde, vous passeriez pour une inconstante, et cela vous feroit beaucoup de tort. Recueillez-vous donc plus que jamais, ma fille, dans cet instant qui va décider de votre sort. Ce n'est pas ici un jeu d'enfant. Ne vous occupez plus que de vos exercices, et comptez sur toute l'affection de votre mère.

~~~~

CHAPITRE X.

Rosalie TEXADA à sa mère.

22 Juillet 17. . . .

JE vous remercie, ma très-chère mère, de la bonté que vous avez eue de me laisser lire la lettre de don Carlos. Je l'ai copiée de mon mieux, quoique j'eusse bien peu de tems, et qu'elle soit très-longue ; mais, malgré sa longueur, elle m'a vivement intéressée. L'amitié de don Carlos pour mon frère, m'a fait verser des larmes. Qu'ils sont heureux de s'aimer ainsi ! Le ciel les comblera de ses bénédictions. Le mérite de mon frère et sa noble façon de penser, ne me permettent pas de le condamner sur rien. Vous désapprouvez , ma très-chère mère , le goût qu'il a pris pour mademoiselle Joséphine. Je n'ai pas l'honneur de la connoître ; ainsi je n'en puis rien dire. Nous devons respecter, Fernand et moi, l'opinion que vous avez sur cette inclination. En mon particulier, si elle doit faire le malheur de mon frère, je souhaite qu'il y renonce ; mais il faut que mademoiselle Joséphine ait des qualités bien rares, pour que Fernand l'aime avec cette ardeur.

La probation, ma très-chère mère, suivant l'usage de cette communauté, est de deux mois. J'aurois voulu, pour vous complaire ainsi qu'à ma sœur Bénédictine, qu'on en abrégeât le temps ; mais la supérieure m'a dit qu'on ne feroit pas pour moi une nouvelle règle. Ce ne sera donc que le premier septembre prochain, que j'aurai le bonheur de prendre l'habit de novice. En attendant, je ne m'occupe que de mes exercices ; et ma joie, en renonçant pour toujours au monde, seroit bien augmentée si en faisant ce sacrifice, j'apprenois que vous jouissez de toute la félicité que vous souhaite, ma très-chère mère, votre fille très-soumise.

TROISIÈME PARTIE.

LETTRE PREMIÈRE.

Don Carlos de MASSARÉNA à son père.

Anduxar, 1er. Juillet 17...

JE me suis religieusement conformé, monsieur et très-honoré père, aux ordres que vous m'avez donnés en me quittant à Saint Ildephonse. Je n'ai rien de particulier à vous apprendre, sinon que la lieutenance de la compagnie de grenadiers vient à vaquer. Mon oncle Spinoletto me propose un sujet pour la remplir; Astucia joint ses instances à celles de mon oncle ; mais il me semble qu'il me seroit plus convenable de suivre, ainsi que cela se pratique dans les troupes de toutes armes de sa majesté, le rang d'ancienneté. C'est d'ailleurs un usage établi au corps, et il ne me convient pas d'innover sur un point qui est aussi essentiel. Je ne pourrois, sans une injustice manifeste, faire un passe-droit au sous-lieutenant qui est un bon officier. Il montera donc au grade de lieutenant. Quant à la sous-lieutenance, je n'en disposerai pas sans connoître vos intentions, quel que soit mon désir de complaire à mon oncle et à Astucia.

Je crois que dans deux mois la lieutenance des fusiliers sera aussi vacante. Je reçois d'avance beaucoup de sollicitations; mais je ne déciderai rien sans avoir reçu vos ordres.

Je ne doutois point que la conduite de Fernand ne répondît au témoignage que j'ai pris la liberté de vous en rendre tou-

tes les fois que vous me l'avez permis. Je
saisirai avec ardeur toutes les occasions qui
se présenteront de le rendre aussi heureux
que je désire qu'il le soit. Je vous supplie
de lui continuer toute votre affection, et
j'ose vous répondre qu'il en sera toujours
digne.

Grâces aux bontés dont vous me com-
blez journellement, il ne manque rien,
mon très-cher et très-honoré père, à ma
satisfaction, que de pouvoir allier ce qu'exigent de moi en mille rencontres, mon oncle
et Astucia, avec la soumission que je dois
à vos conseils. Mon bonheur sera complet
lorsque vous me permettrez de me rapprocher du meilleur des pères et du meilleur des amis.

LETTRE II.

Figuera TEXADA à don Pedro de MASSARÉNA.

Madrid, 3 Juillet 17...

LES choses obligeantes que vous voulez biend me dire sur feu Texado mon mari, et l'intérêt que vous prenez au petit Fernand me comblent d'honneur et de consolation. Mon fils a le cœur très-bon. Votre Excellence peut être persuadée qu'un jour il sera assez raisonnable, pour comprendre toutes ses obligations envers une personne de votre rang et de votre mérite.

Je prends la respectueuse liberté de joindre ici copie d'une lettre que votre fils m'a fait l'honneur de m'écrire d'Anduxar. Vous y verrez, seigneur, que cette José-

phine dont Fernand parle tant, n'est pas
bien céleste, et qu'il faut qu'il'y ait sur le
compte de cette fille, des choses extraordinairement graves.

Je me jette aux pieds de votre Excellence, et je la prie de ne pas permettre
que mon fils pense davantage à cette folie.
Si l'on lui laissoit, sur cela, la moindre
espérance, il voudroit certainement revenir
ici, et je ne pourrois jamais lui donner
l'équivalent de ce qu'il auroit perdu.

LETTRE III.

Dona Spinoletta de MASSARÉNA à don Pedro de MASSARÉNA

Madrid , 3 Juillet 17...

Vous me grondez toujours, seigneur. et moi, je vous dirai toujours que vous ne savez pas assez ce que vous valez, et que vous encanaillez ce petit don Carlos qui a toute l'étoffe convenable pour être tout ce qu'on peut être dans ce monde. Vos plaisanteries sur mon frère ne lui ôtent rien, ni de sa naissance , ni de ses grands biens; elles n'empêchent pas que son arbre généalogique n'ait pour tige un amiral. Il peut avoir des ridicules; mais il n'a point de défauts essentiels. C'en est un de vous livrer, comme vous le faites, à tous ces

Texado. Je conviens des services que vous a rendus le père ; mais quand on a payé, on ne doit plus rien. Ces Texado, vous dis-je, sont des espèces. Vous verrez que ces gens-là vous entraîneront dans quelque sotte affaire qui vous compromettra. La mère est une bourgeoise à voix rauque ; sa fille aînée regarde avec des yeux égarés ; rêve, ouvre une grande bouche et ne sait rien dire. La petite est jolie, mais elle fait bien de se faire religieuse ; car elle ne me paroît bonne qu'à réciter des patenôtres. Le jeune homme que vous avez absolument voulu emmener, a de jolies dents, le sourire gracieux : il se présente avec grâce, et ne cause point mal pour un bourgeois. Je n'aurois pas refusé de l'attacher à votre service ; mais c'est un petit fat qui, avec ses manières séduisantes, a fasciné l'esprit de don Carlos, et je ne le lui pardonnerai de la vie. Vous auriez pu en faire un page ; mais un secrétaire d'ambassade ! fi donc !

J'ai une migraine effroyable de vous avoir écrit aussi longuement. Ne vous attendez pas que je vous donne souvent de ces plaisirs, car dès que je touche une plume, mes vapeurs me reprennent. Adieu, seigneur ; malgré nos petites altercations, je n'en suis pas moins disposée à vous complaire en tout, aujourd'hui et tous les jours de ma vie.

LETTRE IV.

Laurenzo CASCARA à don Pedro de MASSARÉNA.

Anduxar, 1er. Juillet 17...

VOICI, pour obéir aux ordres que vous m'avez donnés, la conduite que mène votre fils, depuis que j'ai l'honneur d'être à son service. Il passe les journées entières, ou à étudier, ou à commander l'exercice, ou à faire la petite guerre, ou à visiter les chambrées. Avant-hier matin en l'habillant, je pris la liberté de lui dire, que ce genre de vie l'incommoderoit, et qu'il devroit se donner quelqu'amusement. Il me répondit : « Tu as raison, Cascara, tu es de bon conseil; eh bien! je n'ai pas grand'chose à faire aujourd'hui, donnons

la journée entière au plaisir. Que ferons-
nous ? — Voulez-vous venir ce soir au
spectacle ? Il est arrivé hier une nouvelle
troupe de comédiens. — Bel amusement
de s'aller enfermer dans une salle , pour
entendre crier des énergumènes , et voir
les hideuses grimaces des *Toridallos*! Et
d'ailleurs d'ici à ce soir, que ferions-nous?
—Il y a aujourd'hui un combat de tau-
reaux ; voulez-vous le venir voir ? — Aille
le voir qui voudra; moi, je donne au diable
de bon cœur, tous les tauroyeurs du monde.
Quel infâme divertissement , de voir un
bel animal, un des plus utiles à l'homme,
de voir cette pauvre bête un bâillon dans
la gueule, une muselière aux naseaux, ne
pouvant ni voir ni se défendre, répandre
tout son sang sous les coups de ces vilains
tauroyeurs qui sont plus laids et plus féroces que des démons ! — Vous n'avez
donc goût pour rien ? — Pour te dire la
vérité , je ne m'amuse pas tant aujour-
d'hui, que je faisois autrefois, quand j'é-

tois avec l'ami qui t'appelle mon bon papa.
J'ai dans le cœur un fonds de tristesse que
je ne puis en extirper , mais voici une
partie qui est de mon goût ; il fait aujour-
d'hui le plus beau tems du monde : jouis-
sons-en , enivrons-nous tout-à-la-fois de la
beauté du ciel, de la terre et de l'eau.
Voilà aussi les parties qu'aime Texado ,
et il a bien raison ; car, qu'y-a-t-il de plus
voluptueux pour l'homme sensible et re-
connoissant , que la contemplation de la
magnificence des œuvres du Créateur ?
Ecoute donc , bon Cascara ; embarquons-
nous sur le Guadalquivir , et nous pous-
serons notre promenade aussi loin qu'elle
pourra aller. Va tout préparer pour cela ;
arrange les choses de manière que nous
ne soyions pas brûlés du soleil ; embarque
des provisions, quelques flacons de vin ,
parce qu'il faut que les mariniers boivent ;
enfin des vivres. Il faut avertir Astucia ,
afin qu'il se lève, et qu'il soit des nôtres. »

J'allai , en conséquence , avertir le sei-

gneur Astucia qui dormoit encore. Quand
il fut dans l'appartement de mon maître
il demanda de quoi il s'agissoit ? — De
faire une promenade , répondit don Carlos
si vous le voulez bien. J'ai la tête fatiguée
du travail de tous ces jours-ci ; j'ai besoin
de la rafraîchir. — Et où promener ? —
Sur l'eau; nous allons nous mettre sur le
fleuve , et vogue la galère. — Voguera-t-
elle long-tems ? — Nous verrons, cela dépendra... Qu'avons-nous de mieux à faire?
Là, Astucia, un peu de complaisance , un
pauvre petit jour de vacance; cela n'arrive pas si souvent.—Je n'ai d'autre étude
du matin au soir, que de vous prouver
combien j'ai à cœur de faire tout ce qui
peut vous être agréable; mais vos promenades, quand vous vous mettez à en faire,
deviennent des voyages de long cours. Et
ce pauvre Cascara, avec son asthme.....—
Ce n'est pas ici une promenade à pied. Ne
voyez-vous pas, au contraire, que le roulis
du bateau, le mouvement et la fraîcheur
de

de l'eau lui feront du bien ? — Mon asthme, répondis-je, n'empêchera pas la promenade, et je me sens en état d'aller aux antipodes, s'il le falloit pour le service de mon maître. »

Nous nous embarquâmes, et , comme l'avoit deviné le seigneur Astucia, de promenade en promenade nous arrivâmes jusqu'à Séville... « Oh! ma foi, dit mon maître, puisque nous voilà à Séville, ce n'est pas la peine de nous en retourner sans voir la ville que je n'ai jamais vue, et qu'on dit être la plus belle de toute l'Espagne, après Madrid. On parle surtout beaucoup de la Bourse: allons-y tout droit. » Nous y fûmes. Mon maître parla de toutes ces belles choses comme un livre; il les expliquoit au seigneur Astucia qui l'écoutoit et siffloit. Lorsque nous eûmes quitté la place, et que nous fûmes dans le grand carré qu'on appelle le bâtiment de la Bourse, nous vîmes venir à nous un cavalier que je reconnus être le seigneur

Tome I.   K

Sancha, libraire. Il s'approcha respectueusement de mon maître qui lui dit:
« Bon jour, seigneur Sancha, couvrez-
vous, le soleil vous incommoderoit. J'ai
bien du plaisir à vous voir. Je suis venu
ici d'Anduxar, où mon régiment est en
garnison, pour voir cette belle ville de
Séville. — C'est bien fait, seigneur : *Qui
n'a pas vu Séville, n'a pas vu de merveille*;
c'est le proverbe. — En général, l'Andalousie est une très-riche province. — C'est
l'écurie, la cave et le grenier de l'Espagne. — Ne trouverez - vous pas mauvais
que je vous demande quel hasard me procure le bonheur de vous rencontrer ici?
— J'y suis venu pour affaires de mon
commerce. — Y serez-vous long-tems ?
— Je pars demain matin pour Cadix, où
j'ai aussi quelques affaires : je profiterai de
l'occasion pour demander des nouvelles du
navire *le David* dont je n'entends pas
parler, et sur lequel cependant j'ai fait
embarquer deux caisses de livres. — Vous

êtes comme cela, toujours par voie et par
chemin. Eh ! quelles nouvelles, s'il vous
plaît, de Madrid ? J'entends, quelles nouvelles de mademoiselle Joséphine ? — Seigneur, je n'ai rien à répondre à cette question. — Ecoutez, seigneur Sancha, je
vous le répète : quand je vous ai dit que
j'avois des vues sur Joséphine, j'ai entendu
des vues en tout honneur et toute cons-
conscience. — Vous n'êtes pas capable ,
seigneur, d'en avoir d'autres. — Il y a
mieux , je suis bien éloigné de vous blâmer du silence que vous gardez sur le
compte de mademoiselle Joséphine et de
sa tante. Si la condition de ces personnes
malheureuses est un secret qui vous ait été
confié, vous seriez certes très-condamna-
ble de le révéler a qui que ce soit. Je n'ai
pas plus de droit de vous en demander la
révélation qu'un autre. Vous ne me ren-
driez pas justice, si vous me croyiez une
autre façon de penser. Hélas ! seigneur
Sancha, j'en sais sur ces dames plus, in-

K 2

finiment plus que je ne voudrois en savoir ; j'en suis désolé pour mon ami, pour
mon cher Texado : je croyois pouvoir faire
son bonheur, et il me faut renoncer à cette
idée ; cela devient absolument impratica-
ble ; il n'y faut plus penser ; je ne sais que
lui écrire. Cette affreuse lumière me pénètre d'amertume ; j'en reçois un chagrin
qui.... qui me mine. — Effectivement,
seigneur, je vous trouve changé ; un
peu moins de couleur ; un peu moins
d'embonpoint. — Oh ! c'est que j'ai
beaucoup fatigué depuis quelque temps ;
tout cela reviendra ; car enfin il faut bien
savoir supporter les infortunes qui sont
sans remède. Qu'en pensez-vous ? Et le
seigneur Wanderghen ? — Oh ! celui-là,
c'est un vaurien ? — Vous êtes fâché contre lui ? — On ne sauroit l'être davantage et avec plus de raison. — Serez-vous
long-tems à Cadix ? — Le moins que je
pourrai. — Nous nous reverrons à Madrid,
n'est-ce pas ? Quand il y aura quelqu'ou-

vrage bien intéressant sur la guerre, sur la
politique, vous me l'apporterez; vous me
permettrez d'aller quelquefois parcourir
chez vous les gazettes, les journaux, les
brochures nouvelles. —— Vous me trouverez, seigneur, toujours empressé à mériter vos bonnes grâces ; mais, je vous en prie,
qu'il ne soit jamais question entre nous de
ces dames. Quant au seigneur Wanderghen, il ne mérite pas l'estime d'un cavalier
tel que vous. »

Après cette conversation, mon maître
et le seigneur Sancha se saluèrent, et nous
nous retirâmes, le seigneur Astucia disant
que le seigneur Sancha étoit laid comme
une chenille, et orgueilleux comme un
paon, et que, malgré tout son savoir, il
n'étoit pas en état de juger du mérite de
Wanderghen, qui en avoit beaucoup, et
qui sûrement feroit un jour parler de lui.

C'est-là, seigneur, tout ce que j'ai pu
découvrir sur le compte de mademoiselle
Joséphine. Quant à la conduite que les

officiers tiennent avec votre fils, il me paroît que c'est ici comme ailleurs. Les uns
en disent beaucoup de bien, les autres
semblent fâchés de ne pas lui trouver des
torts.

Je vous raconterai à ce sujet, que, prenant l'autre jour, un sorbet au café Roya
avec Coxon, qui est valet-de-chambre du
capitaine de la compagnie des grenadiers
ce Coxon me dit : « Ton maître est un joli
cavalier, chacun en convient ; mais il
s'agit de savoir s'il est aussi brave qu'il est
beau. — Brave, répondis-je, comme la
lame de son épée. — C'est ce qu'on veut
savoir, me dit-il, et je connois quelqu'un
qui se propose de le *teter*. — Ce quelqu'un
est un fat, répliquai-je, et il mériteroit que
mon maître lui fît sauter la cervelle. » Je
répétai à mon maître l'impertinence de ce
Coxon, il ne fit qu'en rire.

A l'égard des soldats, je crois qu'ils le
craignent bien autant qu'ils l'aiment. Il reçoit assez souvent des lettres de son onc

don Juan de Spinoletto, qui lui sont toujours remises par le seigneur Astucia. Quoiqu'il ne dise rien en les lisant, je crois qu'il
y en a qui lui donnent de l'humeur.

Il ne me reste plus, seigneur, qu'à vous
demander la continuation de vos généreuses bontés, et à prier votre Excellence
de dire au seigneur Fernand que son bon
papa prend la liberté de l'embrasser, et
que ma femme est toujours sa bonne
maman.

K 4

LETTRE V.

Don Carlos de Massaréna à Fernand Texado.

Anduxar , 6 Juillet 17...

VOUS m'avez sans doute écrit, mon
cher ami, une peut-être deux, peut-être
trois lettres. Je n'en ai encore reçu aucune;
je ne m'en étonne pas. Nous sommes si
loin l'un de l'autre! Que faire à cela,
Fernand? Le ciel et mon père l'ont voulu
ainsi. Faut-il regimber contre cette double
volonté? Faut-il nous casser la tête contre
la muraille? Non, nous n'en serions pas
mieux. Cette vie est pleine de privations;
chacun boit au calice d'amertume: moi,
qui semblois né pour être parfaitement
heureux, j'y bois tout comme un autre,

c'est-là le lot de l'humanité. Il faut se contenter de son lot, souffrir et se taire quand
on n'a pas de meilleur parti à prendre ;
aussi est-ce ce que je fais.

Les lettres ce pendant que vous pouvez
m'avoir écrites, pour ne m'être pas encore
parvenues, ne sont pas perdues, Vous les
aurez sûrement adressées à Madrid ; faites
toujours de même ; on me les fera tenir
exactement, quelque part que je sois.

Venons à ce qui vous intéresse : il m'est
pénible, infiniment pénible de vous le
dire, mon cher Fernand, quelque disposé
que je sois à tout tenter pour réussir dans
ce que vous désirez si ardemment, je me
vois obligé de renoncer à vous servir. Je ne
pourrois faire un pas sans blesser l'honnêteté et le respect dû à des personnes déja
trop malheureuses. Elles veulent rester inconnues. N'en ont-elles pas le droit ?
Avons-nous celui de les troubler dans la
jouissance de cette obscurité qui est peut-
être le seul bien que la rigueur du sort

K 5

leur ait laissé ? Toute importunité pour les
en dépouiller seroit une tyrannie, une
cruauté ; je m'abhorrerois, si j'en étois
capable. Je ne veux point chercher les
raisons qui les portent à se cacher avec
tant de soin ; mais je crains bien, mon
ami, qu'il ne vous reste plus d'espoir : je
crains bien que mademoiselle Joséphine
ne soit *incasable* (1). Il est inconcevable,
Fernand, qu'il ne vous reste aucun souvenir de ce qui s'est passé dans la galerie de
Saint - Ildephonse. Quoi ! cette *vision*,
cette *rencontre*, comme vous vous êtes
exprimé vous-même, se sont absolument
effacées de votre mémoire ? Le dites-vous
sérieusement, ou ne voulez-vous que vous
dissimuler votre malheur ?

Quoi qu'il en soit, Fernand, qu'il arrive
tel événement qui mette mes conjectures au
rang des chimères, et vous saurez alors si

_____

(1) *Incasable* est un mot espagnol dont le sens
est : *qui n'est pas mariable.*

je sais servir mon ami , mon meilleur ami.
En attendant , j'entrevois qu'on se prévaut
de cette affaire , pour former je ne sais
quels projets , pour ourdir dans les ténèbres
je ne sais quelle trame; mais malheur aux
méchans qui l'auront ourdie ! je veille , et
je saurai les arrêter avant qu'ils aient saisi
leur proie.

Adieu , mon ami , il est inutile de vous
dire de compter sur moi , comme sur vous-
même. Qui ne vous aime pas , est mon
ennemi ; qui vous blesse , me blesse. Fernand et Carlos seront amis jusqu'au tombeau.

LETTRE VI.

Inigo ASTUCIA à don Juan SPINOLETTO.

Anduxar, 7 Juillet 17...

SEIGNEUR, vous avez toujours le petit
mot pour rire. Assurément la place de secrétaire d'ambassade m'auroit fort convenu.
Je n'aurois jamais imaginé que don Pedro de Massaréna pût me mettre en pa-
rallèle avec ce petit polisson de Texado
qui n'est qu'un écolier. Comment ensuite
pouvois-je penser que don Pedro refuseroit cette place à la vive et très-vive recommandation de son beau-frère qu'il a
tant d'intérêt de ménager? Il étoit donc
tout naturel que je restasse dans la sécurité.
J'y suis resté jusqu'au dernier moment;

mais à ce dernier moment, voyant que le poste alloit m'échapper, je n'ai rien omis pour qu'il échappât aussi à ce petit écervelé. Je courus la ville et les faubourgs pour le rencontrer et lui susciter quelqu'affaire qui laissât partir don Pedro sans lui. Je le consignai dans tous les endroits que je savois qu'il fréquentoit. Un de ses amis, que je rencontrai, me promit que, dût-il le garrotter, il l'empêcheroit de partir.

Toutes ces sages précautions ne réussirent pas ; je fus fort étonné de voir arriver le soir le petit Texado. Don Carlos l'avoit joint, et quoi que j'eusse pu lui dire, allant dans un sens contraire au mien, il amena, d'un air triomphant, Texado à l'hôtel. Les momens pressoient ; il n'y avoit pas moyen de reculer. Je ne perdis pas courage : je me pourvus d'une drogue purgative, dont j'ai fait provision pour ma santé. J'en augmentai un peu la dose, pour qu'elle produisît mieux son effet. Il y avoit mille à parier contre un, que l'incommodité qu'en recevroit l'écolier, le retiendroit au lit vingt-quatre heures, et ce tems me suffisoit pour que don Pedro de Massaréna fût contraint de partir sans son bel enfant. Le lendemain matin, don Pedro ayant voulu que je versasse et que je servisse le chocolat, je glissai adroitement ma poudre dans une tasse que, très-adroitement encore, je plaçai devant Texado. Il fit un peu la grimace en y goûtant : mais tout préoccupé de la beauté de sa future destination, il avala tout jusqu'à la lie.

Il faut que ce petit Texado ait un tempérament de fer. Nous sortîmes, nous allâmes au château, nous entendîmes la messe ; nous revînmes dans la galerie du château, sans que la médecine fît son effet. Enfin elle le fit, mais d'une manière toute contraire à celle que j'attendois ; il seroit possible qu'en voulant doubler la dose purgative, je me fusse trompé, et que le supplément que j'ajoutai fût soporifique, au lieu d'être purgatif : ce qui est véritable , c'est que Texado tomba dans un sommeil assez tranquille , et qui dura environ une heure ou deux. Lorsque nous fûmes parvenus à l'éveiller , il rendit toute sa médecine par le haut , et le petit espiègle , comme s'il se fût douté de ma malice , jura que cette purgation lui faisoit un bien infini , que jamais il ne s'étoit aussi bien porté , et qu'il se sentoit un appétit dévorant. Ce qui est véritable encore , c'est que lorsque don Pedro arriva , il le trouva tranquille et si gai , qu'en lui voyant cette gaîté , il ne put s'empêcher de se dérider. Texado jura encore une fois qu'il se portoit à merveille , que rien nè l'empêcheroit de partir ; et il partit sans donner le moindre signe qu'il lui restât aucun ressentiment de sa médecine.

Vous voyez , seigneur , que ce n'est nullement ma faute , si cet innocent stratagême et mes autres précautions n'ont pas répondu au désir que j'avois et que j'aurai toujours de vous obéir servilement. Il ne m'appartient pas de vous interroger sur les raisons que vous aviez de m'envoyer à Naples ; mais à mon défaut, il seroit possible que Balbuena vous y servît aussi bien que moi : dans ce cas je serois le seul à souffrir de tout ceci ; mais tant qu'il me restera un protecteur aussi généreux, aussi délicat que vous, seigneur, je ne désespèrerai pas de ma fortune.

Mes soins auprès de don Carlos répondent à vos vues, et je vous donne ma parole, que je parviendrai à le faire battre.

Il manque, seigneur, à votre oratoire d'Aranjuez, une image dont la beauté surpasse tout ce que vous avez vu et verrez jamais. Lorsque nous serons de retour à Madrid, je l'y placerai. Vous me rendrez compte des extases ; et vous conviendrez que personne au monde ne vous est plus aveuglément dévoué que moi. Je ne demande pour cela qu'une soixantaine de piastres d'avance, dont je vous ferai mon mémoire, et lorsque vous aurez satisfait à votre dé-

votion devant l'image, une place qui
dédommage de celle de secrétaire d'a,
bassade. Vous comprenez qu'il n'est pas
dans mon humeur, non plus que dans
mes projets, de régenter long-tems don
Carlos.

LETTRE VII.

Don Juan Spinoletto à Inigo Astucia.

Aranjuez, 10 Juillet 17...

Vous appelez cela, Astucia, un innocent stratagême ! vous êtes un monstre à étouffer; ce n'est point de cette manière que j'entends qu'on me serve. Vous vous avisez de donner des breuvages ! Quiconque est capable, je ne dis pas d'exécuter un semblable projet, mais de concevoir de laisser naître dans son esprit une pareille idée, est capable des plus horribles noirceurs. Je ne connois, ni ne me soucie de connoître cet aventurier qu'on nomme Texado; je hais, j'abhorre, j'exècre ce nom. Pourquoi ? Ce ne sont pas vos affaires

Je n'en sais rien. Je n'entends pro.
que ce nom odieux; il est dans la b‹
de mon beau-frère, de ma sœur,
dans leurs lettres. C'est une affectat:
une rage qui me met en fureur. Ces
tites gens-là se sont introduites dans là
mille de ma sœur, s'y sont mises sur un pied
qui me déplaît au suprême degré. Je veux
qu'elles en sortent ou par la porte ou par
la fenêtre. Et vous, j'entends que vous
empêchiez don Carlos de les hanter. Voilà
la principale tâche du ministère que je vous
ai confié.... Mais sachez que je ne voudrois
pas faire une piqûre à aucun Texado de
la terre. Je veux que cela reste dans sa
fange, et c'est tout. Ils sont roturiers. Eh
bien! ils peuvent être de fort honnêtes
gens. Je ne leur veux pas plus de mal que
s'ils étoient hidalgos, mais comme ils n'ont
pas l'honneur d'être hidalgos, je prétends
qu'il y ait toujours cent lieues de distance
entr'eux et moi.

Ah! seigneur, vous savez jouer de ces

a! Et si la santé de cet innocent
homme; si.... Mon sang se glace en
nsant. Vous me faites horreur, mé-
.t homme! Je vous le dis, et ne l'ou-
: pas : au plus léger sujet de mécon-
ement que vous me donnerez, je dé-
couvre votre turpitude aux yeux de l'univers : je fais courir votre lettre dans tous les
coins du royaume, et je vous livre pieds
et poings liés à l'inquisition.

Que vous importe de chercher à pénétrer les raisons qui me faisoient vous désirer à Naples ? Ce n'est point Massaréna
qui est là ambassadeur; c'est moi, oui,
moi; j'entends que toutes les affaires de
l'ambassade roulent sur ma tête; qu'on
déplace ceux qui me déplaisent : qu'on
place, qu'on prenne ceux que j'honore
de ma recommandation. Puisque ma fortune doit passer un jour dans la maison
de Massaréna, je veux y être le maître, et
qu'on y fasse rien, qu'on n'y dispose de
rien sans mon ordre ou mon avis. Votre

Balbuena est un ivrogne. Il ne peut faire, pour mon service chez l'ambassadeur, ce que vous y auriez fait. Respectez mes goûts, obéissez à mes ordres, et ne cherchez pas à pénétrer les motifs qui me dirigent.

Voyons-la donc cette belle image! C'est sur ce chapitre, je le confesse, que vous êtes maître en l'art de me contenter. Puis-qu'elle doit surpasser tout ce que j'ai vu et verrai jamais, je brûle d'impatience de m'agenouiller devant elle. Vous êtes con-noisseur ; je ne fais nul doute que l'image ne soit aussi belle que vous l'annoncez. Vous avez allumé le feu dans mes sens. Ah! revenez, revenez bien vite à Madrid, mon cher Astucia. Vous êtes un homme impayable, adorable ; je vous aime à la folie. Vous prendrez chez mon banquier les soixante piastres dont vous avez besoin d'avance. Point de mémoire ; je ne compte pas avec vous. Vous serez satisfait, très-satisfait de moi; je paierai ce nouveau ser-vice au-delà de vos espérances ; j'abrégerai

votre tems de pédanterie ; je vous donnerai le consulat de Maroc , ou celui de
Smyrne ; vous choisirez ; l'un et l'autre me
sont promis.

Adieu, mon cher Astucia ; faites donc
boire et danser votre élève. Quand se
bat-il ?

LETTRE VIII.

François S A N C H A à Charlotte de S U Z A.

16 Juillet, 9 heures du soir.

J'AI l'honneur, mademoiselle, de vous informer que j'arrive dans ce moment de Cadix. Je me hâte de vous l'apprendre ; je vous demande la journée de demain , pour prendre un peu de repos ; et après-demain je vous écrirai plus au long pour vous parler de choses qui doivent vous intéresser beaucoup.

LETTRE IX.

Joséphine de Suza à François Sancha.

16 Juillet 17...

Nos malheurs, seigneur et très-cher parrain, sont bien grands, et d'une nature si désespérante, que ma tante, ma chère tante, a perdu le courage de les supporter. Elle est malade et au lit ; elle me charge de vous informer de la suite des détails dont elle n'a pas pu encore vous instruire. Ne nous abandonnez pas, seigneur ; nous avons besoin plus que jamais de vos bons conseils, de toute votre amitié. Vous seul, vous seul nous restez dans le monde ; nous ne faisons pitié à personne. Toutes les âmes sont de fer, tous les cœurs sont de bronze.

Nous

Nous sommes couvertes d'opprobre, d'i-
gnominie. Dans quel lieu de la terre , dans
quelle prison, dans quel cachot trouve-
roit-on des êtres plus infortunés que nous?
Eh! qu'avons-nous fait pour mériter cet
excès d'avilissement? Qu'a fait mon père
pour être confondu avec les plus vils scé-
lérats? Vous lui rendrez justice , seigneur;
vous savez que s'il est traité comme un
criminel, sa conscience du moins est sans
remords; mais vous êtes le seul au monde
dont l'estime lui soit conservée. Tous les
hommes l'abhorrent, le maudissent. Quelle
idée! qu'elle est déchirante pour votre
pauvre filleule! Innocent et pur comme
Abel, il fuit, il est errant comme Caïn;
il cherche à se dérober à tous les yeux,
et peut-être dans ce moment, celui à qui
je dois la vie n'a pas où reposer sa tête.

Il a été rendu, seigneur, ce terrible,
cet épouvantable jugement, qui veut que
l'univers entier regarde mon père comme
un malfaiteur ; il a été rendu par contu-

mace, et exécuté pendant votre absence. Le dernier, le plus infamant supplice, voilà ce qui a été prononcé contre lui. L'exécution a été une fête pour ces malheureux qui ne savent se réjouir que du mal d'autrui. Nous entendions du fond de notre chambre les cris de joie, les battemens de mains, nous entendions les crieurs publics faire retentir l'air, avec une allégresse féroce, des horribles dispositions de cet arrêt injuste qui nous livre pour toujours à la honte et à la misère : je me croyois transportée au milieu d'une troupe de cannibales : je ne comprenois rien à cette avidité avec laquelle les hommes se repaissent du malheur de leurs semblables.

Nous avons bu, mon cher parrain, nous avons bu le calice jusqu'à la lie. Peignez-vous, s'il est possible, tout ce qu'a souffert ma tante dans cette épouvantable journée, elle sembloit cependant s'oublier pour ne penser qu'à moi. Ma pauvre Joséphine, me disoit-elle en me

pressant contre son sein, et m'arro sant de
ses larmes, il ne te reste plus que Dieu :
mets toute ta confiance en lui, il ne t'aban-
donnera pas; tu es bien jeune encore , il
viendra un meilleur temps pour toi; sou-
viens-toi de l'histoire de Joseph, souviens-
toi que, de la fosse où la malice de ses
frères vouloit le faire périr, il monta au
faîte du bonheur,

Les efforts que faisoit ma tante pour
contraindre devant moi sa douleur, pour
me consoler et m'inspirer du courage,
épuisèrent ses forces. Sur la fin de cette
cruelle journée, elle se plaignit d'un peu
de fièvre, et se mit au lit. Elle ne l'a pas
encore quitté, si ce n'est que de tems à
autre, cédant à mes instances, elle con-
sent à essayer si elle pourra se tenir debout.
Je l'aide à marcher, elle fait quelques pas,
se laisse tomber dans un fauteuil, et demande le lit, en disant; « La pauvre enfant ! la voilà garde-malade! « Sa maladie
est, je crois, une fièvre de langueur et

une grande foiblesse d'estomac ; car elle prend peu d'alimens, et souvent elle rejette le peu qu'elle a pris,

Jugez, seigneur, de ma désolation : je n'ose faire venir ni un chirurgien ni un médecin, parce qu'elle me le défend, et que, dans la position où nous sommes, nous ne voulons introduire personne chez nous : par la même raison, je n'ose lui donner une garde-malade ; elle n'a pour a servir que moi, qui suis bien foible, et qui ne puis lui rendre la moitié des services qui lui seroient nécessaires. Je suis obligée d'aller au-dehors lui chercher tout ce dont elle a besoin, et elle n'aime pas à me voir aller ainsi toute seule dans la rue, à cause, dit-elle, de ma jeunesse. Chaque fois qu'elle me voit fermer la porte pour sortir, elle tombe dans des frayeurs mortelles qui ne se calment que quand je rentre.

Voilà, mon cher parrain, quelle est dans ce moment notre position. En est-

il au monde une plus affreuse? Il ne me
reste qu'une consolation, c'est de penser que
vous aimez toujours votre filleule. Quelles
nouvelles avez-vous de mon papa ? J'attends
votre lettre avec impatience. Dites - moi
où il est. Dès que ma tante sera guérie ,
j'irai avec elle le joindre quelque part
qu'il soit. C'est mon devoir ; il croit peut-
être que nous l'abandonnons ; il n'a que
nous pour le consoler.

Ma tante vouloit que je continuasse à
vous raconter les détails qu'il importe que
vous connoissiez , afin que vous puissiez
nous guider dans toutes nos démarches.
Eh bien ! je ne vous en ai pas dit un mot,
et cette lettre est déja bien longue ; ce sera
pour demain. Aimez toujours votre filleule, mon cher parrain : après son père
et sa tante , vous êtes la personne qu'elle
chérit et qu'elle chérira toujours le plus
au monde.

L 3

LETTRE X.

François SANCHA à Joséphine de SUZA.

17 Juillet 17...

ALLONS au plus pressé, ma chère et aimable filleule : il s'agit d'abord, et avant tout, de la santé de mademoiselle Charlotte. Que deviendriez-vous, si vous veniez à perdre cette chère tante? Ne négligez rien pour son rétablissement. Son mal peut venir de découragement. Prenez sur vous, aimable Joséphine, de l'exhorter à ne pas désespérer. Je vous envoie un panier du meilleur vin d'Andalousie : faites-lui en prendre pour donner du ton à son estomac, et le mettre en état de supporter des alimens un peu substantiels.

Il faut prendre un médecin; il n'y a
pas de doute. Je vous enverrai le docteur
San-Domingo , qui est en grande renom-
mée, et que je connois de puis long-tems.
Ne craignez aucune indiscrétion de sa
part.

Que ne prenez-vous aussi une garde-
malade? Elle sera très-utile à votre tante,
et lui rendra bien plus de services que
vous : la foiblesse de votre âge ne vous
permet pas de faire certaines choses qui
demandent de la vigueur. Adressez-vous
tout uniment, pour avoir cette garde-malade, à votre hôte. Que craignez-vous
d'une garde-malade ? Elle ne saura que ce
que vous voudrez lui laisser savoir, et vous
ménagerez votre propre santé. Vous devez
vous conserver, ma chère filleule , si ce
n'est pour vous, du moins pour votre
malheureux père , qui n'a plus au monde
d'autre bien que l'amitié que nous lui
portons, vous, sa sœur et moi.

Votre chère tante a-t-elle de l'argent?

Dites-moi cela franchement, ma très-chère filleule. Un parrain n'est pas un étranger, et je sais à quoi je me suis engagé en vous tenant sur les fonts-baptismaux. En l'absence de celui qui vous a donné la vie, je suis votre véritable père.

J'avois été averti, ma chère filleule, que le fatal jugement seroit rendu et exécuté en effigie, sans aucune sorte d'adoucissement ; et la principale raison qui m'a déterminé à faire un voyage à Séville et à Cadix, a été de ne pas me trouver ici pendant qu'on y feroit cet affront à votre père. Que puis-je vous dire sur cela, si ce n'est de vous roidir contre ce revers, et de ne pas y mettre le comble par votre désespoir ?

Venons aux nouvelles qui vous intéressent. Je fis rencontre à Séville de don Carlos qui me parla de vous, mademoiselle, mais en des termes si honnêtes, que je ne puis m'empêcher de lui en savoir gré. Je le priai de ne plus penser à vous

et il me témoigna avec toute la franchise
d'un bon hidalgo, qu'il étoit bien éloigné de contribuer, de quelque manière
que ce fût, à troubler votre tranquillité ; mais en quoi je ne le compris pas,
c'est lorsqu'il ajouta d'un air profondément affligé, qu'il en savoit autant
et peut-être plus beaucoup que moi-même
sur votre compte. Il étoit avec Astucia qui
me regardoit en sifflant, et ne dit pas
un mot.

A Cadix, je fus invité à dîner chez
l'armateur du *David*. Le corrégidor fut
de la partie; c'est un homme fort jovial.
On porta plusieurs santés que j'acceptai.
Au dessert ce fut mon tour. — « Allons,
me dit le corrégidor, quelle santé, seigneur Sancha, portez-vous ? —A la santé, répondis-je, du *David*. — De quel
David nous parlez-vous là ? — Du navire
le *David* sur lequel j'ai deux ballots de
livres ; c'est-là la raison qui me fait désirer qu'il arrive à bon port. » — A pro-

L 5

pos du *David* , dit alors le corrégidor ;
savez-vous , seigneur Sancha, que nous
avons manqué de quelques heures César de Suza ? » Vous voyez, mademoiselle, que c'etoit de votre père qu'il vouloit parler. « Bon, lui dis-je, en tremblant,
contez-moi cela, seigneur corrégidor. »
— « Voici, reprit-il, l'histoire sans épisode. Arrive chez moi un homme assez
bien bâti, âgé environ de quarante-deux
ans, taille de cinq pieds quatre à cinq
pouces, front large, cheveux châtains et
crépus, œil gris, sourcils châtains, nez
aquilin, visage long, menton rond, bouche petite, lèvres vermeilles, dents bien
rangées, une de moins au devant de la
mâchoire inférieure, teint olivâtre, jambe fine par le bas, et forte au molet. Il
me demande un passe-port pour se rendre
à Marseille sur *le David*. Je le prie de
dire son nom ? Il me dit qu'il s'appelle Antonio Roïdera. Je lui demande ce qu'il va
faire à Marseille. *Il me répond qu'il y a*

pour affaires de son commerce. Je lui
demande quel est ce commerce. Il me
répond : *Commerce de soude.* Rien de
plus naturel, à mon avis, que de faire
un tel commerce, et d'aller à Marseille
par suite de ce commerce. Je délivrai
au seigneur Antonio Roidera son passe-
port, de quoi il parut fort content. Or,
voici le plaisant de l'histoire : il y avoit
environ six heures que le navire *le David* étoit sorti du port avec un bon vent,
lorsqu'un courier parti de l'Escurial,
arrive ici à bride abattue. Il entre chez
moi tout botté, et me dit : « Seigneur
corrégidor, j'ai crevé deux chevaux pour
arriver plus vite. César de Suza est à
Cadix ; il faut lui refuser un passe-port,
et l'arrêter. — Il faut répondis-je, savoir
auparavant s'il est *arrêtable*, s'il n'auroit
pas déjà obtenu un passe-port sous un
nom emprunté, et si, à la faveur de ce
passe-port, il ne seroit pas déja en pleine
mer.— Que me dites-vous-là, seigneur cor-

L 6

régidor? s'écria le courier tout étonné
Ce seroit une chose épouvantable. — J
ne dis pas, répliquai-je, que cela soit, mai
cela peut être. Vous devez, seigneur cou
rier, être porteur du signalement de Césa
de Suza. » Il chercha alors dans ses po
ches, et en tira un paquet qu'il n'avoi
pas songé d'abord à me remettre. Le pa
quet contenoit le signalement en question
et une lettre du ministre de la marine
qui enjoignoit de refuser un passe-por
à César de Suza, et de courir sus. La
lettre du ministre étoit accompagnée d'un
billet de don Juan de Spinoletto qu
promettoit trente quadruples à celui qu
arêteroit ledit César de Suza. En lisan
le signalement, je ne pus m'empêche
de partir d'un grand éclat de rire. C'étoi
mot-à-mot celui du quidam qui s'étoi
donné pour nom Antonio Roïdera, e
s'étoit dit marchand de soude. « Vous riez
me dit le courier. — Je ris, répondis-je
parce que vous avez crevé deux chevau

pour ne rien faire qui vaille. Allez vous reposer, seigneur courier, et écrivez à don Juan de Spinoletto qu'il garde ses quadruples. César de Suza, à la faveur d'un faux nom, s'est fait délivrer un passeport; il s'est embarqué sur le *David*, et il est maintenant loin des côtes d'Espagne et de la sainte Hermandad. —N'importe, n'importe, dit le courier; il faut l'avoir à quelque prix que ce soit ; il faut envoyer de la cavalerie après lui. » Oh ! pour le coup, ma bonne humeur ne fit que redoubler. « Seigneur courier, lui dis-je, où avez-vous vu, s'il vous plaît, qu'on envoie de la cavalerie en mer ? — Eh parbleu ! répondit-il, envoyez des cavaliers, des miquelets, tous les diables d'enfer, si vous voulez ; mais il faut l'avoir. » Je ris de plus belle. Cependant pour lui complaire, nous fîmes tirer deux coups de canon, et nous fîmes sortir du port quelques chaloupes ; mais le tems étant tout-à-coup devenu extrêmement gros, elles rentrèrent en hâte dans le port sans avoir pu signaler le vaisseau fugitif.

Vous voyez, ma chère filleule, par ces détails, que le ciel veille sur votre père, puisque, s'il eût tardé de quelques heures, il étoit perdu sans ressource. Ce tems extrêmement gros dont nous avoit parlé le corrégidor à la fin de son histoire, ne laissa pas de m'inquiéter. Je lui demandai si on ne craignoit pas que *le David* n'eût eu à souffrir de ce mauvais tems, feignant toujours de ne craindre que pour mes livres? Il est vrai, me dit l'armateur, que nous avons vu du port toutes les apparences d'une violente tempête; mais nous n'avons point encore entendu dire qu'aucun bâtiment ait péri. D'ailleurs, *le David* est un excellent navire. Au surplus, seigneur Sancha, je vous ferai part en toute diligence, des premières nouvelles que j'aurai; mais je ne pense pas que ce soient les poissons qui lisent vos livres.

C'est là, mademoiselle, tout ce que je puis dans l'instant vous marquer sur votre père. En attendant des lettres de Cadix, je lis toutes les gazettes pour savoir s'il n'y sera point parlé de ce *David* qui porte le trésor de ma chère filleule.

Venons à autre chose : tenez-vous bien sur vos gardes ; ornée de tant de charmes, il n'est pas possible que ceux qui vous verront ne cherchent à vous connoître plus particulièrement. Vous n'avez rien à craindre du ci-devant bachelier Fernand, puisqu'il est à Naples secrétaire d'ambassade ; vous n'avez rien non plus à craindre de don Carlos, car son bon naturel et son excellente éducation me rassurent. Mais cet Astucia, c'est un méchant hypocrite. Je ne sais pas qui de lui ou de Salomon Wanderghen, vaut le moins ; je crois celui-ci un véritable vaurien, capable de tout pour arriver à ses fins.

Ce qui me désole, ma chère filleule, c'est que je crois que nous nous sommes

trompés sur le compte d'Ambroise. I
mène une vie qui me donne de violen
soupçons. Lorsqu'il n'est pas dans la bou
tique ou dans le magasin, il se renferm
dans sa chambre. Le bruit qu'il y fait
m'a donné quelquefois la curiosité d
l'examiner à travers la serrure. Il écri
en se frottant le front, en se mordant le
doigts, ensuite il jette sa plume avec rage
se promène, gesticule, et déclame comm
un forcené. Ses contorsions vous effraie
roient. La promenade finie, il compt
son argent, et il en a beaucoup trop
pour un homme de son état. Il n'est pa
possible qu'en cinq ans il ait gagné tou
cela au service de votre père. L'argen
compté, il recommence à se promene
en psalmodiant d'une voix sépulcrale
des chansons comme en chantent les ban
dits de nos montagnes

Une autre découverte que j'ai faite su
le seigneur Ambroise, c'est que lorsqu'
est resté seul pendant la journée dans l

boutique, je trouve le soir que la vente a
été fort bonne, mais que mon comptoir
n'est pas fourni de maravédis et de réaux.

Cet Ambroise a contracté une liaison intime avec Salomon Wanderghen; il sont
sans cesse à courir l'un après l'autre : leurs
fréquentes conférences ne me font pas plaisir : je crains bien qu'il ne se trame quelque complot contre le repos de ma filleule.
Cela est au point que si votre tante n'avoit
pas été malade, je vous aurois conseillé à
l'un et à l'autre de prendre un autre loge-
ment, afin que les renseignemens que
pourra donner Ambroise, soient perdus.
Celui-ci voudroit savoir où vous allez, et en-
treroit en soupçons si on ne le lui disoit pas;
mais je le dépayserois par quelque conte
en l'air, comme d'un voyage en pays étranger, pour aller joindre votre père. En attendant il nous convient de ménager cet
Ambroise; il faut nous donner le tems de
pouvoir nous en défaire sans inconvénient.
Je continuerai jusques-là à lui faire bonne

mine ; vous, de votre côté, ne lui témoign
point que vous avez perdu de la bonn
opinion que vous aviez de lui ; mais ne l
dites que ce que vous voudrez bien qu
sache. Quant à moi, pour mieux sonde
son âme, je le fais jaser le plus que je pui
et j'entre avec chaleur dans son sens, su
tout ce qu'il dit et projette. Cela n'est peu
être pas loyal, mais votre position nécessit
cette ruse.

Adieu, ma chère filleule, ayez bien soi
de votre bonne tante comptez que je m'e
time fort heureux d'être votre parrain et
de vous servir de père aussi long-temps qu
vous ne pourrez pas vous réunir à celui qu
le ciel vous a donné, et qui, je l'espère
ne sera malheureux que pour un tems. ca
le ciel vient tôt ou tard au secours de l'ir
nocence.

LETTRE XI.

Joséphine de Suza à François Sancha.

18 Juillet 17....

COMBIEN nous vous sommes redevables, mon cher et bon parain, pour tous vos soins, toutes vos attentions et vos offres généreuses ! Il y a des personnes de qui j'aimerois mieux recevoir la mort ou un affront qu'un maravédis; mais de vous, mon parrain , je reçois avec le même plaisir que je recevrois de mon père. Chaque marque que vous me donnez de la bonté de votre cœur, me semble un lien de plus qui m'attache à vous. Je sais que vous vous fâcheriez , si nous repoussions les témoignages de votre générosité; et la reconnoissance que je

vous dois à tant de titres, fait que je n'ose
rien refuser de vous, dans la crainte de
vous affliger.

Ma tante vous a écrit dans le tems
je crois, que nous avions reçu du Juif-
Borgne sur nos bijoux, quatre mille piastres, partie comptant, partie en bonnes
lettres-de-change. Mon père en partant,
ne voulut jamais, quelques instances que
nous lui fissions, prendre que la moitié de
cet argent, disant que ces deux mille
piastres le mèneroient loin ; et que quand
elles seroient dépensées, Dieu qui donne
la nourriture aux oiseaux du ciel, ne la lui
refuseroit pas. Il nous laissa les mille
piastres comptant, et la lettre-de-change
sur Madrid, qui étoit aussi de mille piastres. Il emporta celles qui étoient tirées
sur Cadix, Marseille et Livourne, et qui,
à elles trois, faisoient les deux mille piastres dont il se contenta.

Vous voyez par-là, mon parrain, que
ma tante et moi nous sommes encore ri-

ches , et qu'au moyen de ce que nous ga-
gnons de notre métier , quoique cela soit
très-modique , vu notre peu d'habileté ,
nous n'avons aucun sujet de vous impor-
tuner pour nos besoins.

Je viens présentement à la suite des détails que ma tante a commencés. Comme
nous savions que cette inique sentence
porteroit, ainsi que c'est l'usage en pareille
occasion , confiscation des biens , ma tante
dit qu'il ne falloit rien avoir à se reprocher :
que le roi étoit trop bon et trop juste
pour vouloir réduire à la mendicité une
pauvre orpheline ; qu'il convenoit donc
de recourir à sa clémence , et de le sup-
plier de faire en ma faveur remise de la
confiscation des biens. Elle rédigea , en
conséquence, un placet que je copiai de
mon mieux : nous nous habillâmes en noir,
cet habit de deuil convenant très-bien à
notre affliction ; nous prîmes une voiture
de louage, et nous nous rendîmes à St.-Ilde-
phonse. Comme le roi sortoit de la messe ,

nous nous jetâmes à ses genoux, et je
présentai en tremblant mon placet...
Ah ! mon cher parrain, comme les ma
heureux font horreur ! Nous fûmes r
poussées avec une dureté, nous fûmes r
gardées avec un mépris, avec une ind
gnation qui sont ce qu'il y a, sans contr
dit, de plus douloureux à supporter.
voir cette chaleur de zèle avec la quelle l
hommes se courroucent contre ce qui
l'apparence du crime, on diroit qu'ils so
tous impeccables, tous bon, tous vertueu.
A voir la présomptueuse opiniâtreté av
laquelle il se persuadent que celui q
n'est réellement pas coupable, l'est cepe
dant, on diroit qu'ils sont tous infaillible
Je ne pus tenir contre ce concert d'inhu
manité : la honte, le dépit, le mal-ai
bouleversèrent tout mon être ; je fis effo
pour exhaler ma haine contre les jugemen
la barbarie des hommes ; ma voix expi
sur mes lèvres, mes genoux foiblirent,
me trouvai mal. Je ne sais combien cet

situation dura. En ouvrant un peu les yeux, j'apperçus devant moi ces deux jeunes gens que nous avions vus à Buen-Retiro, don Carlos et Fernand. Je ne sais ni pourquoi ni comment ils se trouvoient-là; ce qui est bien sûr, c'est que nous n'avons parlé de ce malheureux voyage à personne. Ils me parurent être les seuls qui prissent quelqu'intérêt à moi, et je crois qu'on leur en fit un crime, car j'entendis une voix qui crioit que le roi ordonnoit qu'on se retirâ'. Il se retirèrent sur-le-champ, et peut-être se repentirent-ils dans leur cœur d'avoir eu le courage de montrer quelque compassion pour une infortunée. Ce sentiment, mon cher parrain, qu'on ne devroit pas refuser au malfaiteur même qui expire ses crimes sous le glaive de la justice, on nous le refuse à nous, nous l'avons éprouvé dans cette affreuse circonstance. Peut-on descendre plus bas dans l'abîme de l'humiliation et de l'infortune ?

Depuis cette scène qui, je vous l'avoue

mon cher parrain, m'a donné une idée
avantageuse du général des hommes, n
n'avons plus ni vu ces deux jeunes ge
ni entendu parler d'eux que par vo

Quelque tems après l'aventure de Bu
Retiro, nous en avions eu une d'un au
genre. Comme nous quittions un soir, s
les cinq heures, la place Major, ma tan
par hasard tourna la tête, et vit à que
ques pas derrière nous, Fernand. E
s'apperçut ensuite qu'il prenoit le chem
de la rue où nous étions entrées, se tena
toujours à quelque pas derrière nou
Nous prîmes alors brusquement la pr
mière rue à droite, qui se présenta à nou
Fernand doubla le pas, et ma tante le v
bientôt entrer dans la même rue. Nou
nous jetâmes dans la première à gauche
il y entra comme nous. « Il n'y a pas
doute, dit ma tante, que ce jeune hom
me nous suit dans l'espoir de connoît
notre demeure. Il faut faire finir cet
persécution. » Nous entrâmes alors che
u

un marchand mercier que nous ne connoissions pas, et qui ne nous avoit jamais
vues. Ma tante demanda à voir des in-
diennes, et n'étoit jamais contente de celles
qu'on lui montroit. Pendant que le marchand, qui étoit fort complaisant, déployoit
et ployoit ses paquets, ma tante s'avançoit
de tems en tems sur la porte de la boutique, et voyoit toujours au haut de la rue,
Fernand immobile à la même place. A la
fin, ma tante se décida à acheter une pièce
d'indienne, la paya, et nous sortîmes. Elle
voulut qu'au lieu de tourner le dos à Fernand, nous allassions au contraire à sa
rencontre. Quand il vit que nous appro-
chions, il eut l'air de vouloir s'éloigner ;
mais ma tante l'appela deux fois par son
nom, et si haut qu'il ne pouvoit pas fein-
dre de ne l'avoir pas entendue. Il s'approcha de nous d'un air fort respectueux, et
nous demanda s'il seroit assez heureux pour
que nous eussions quelque chose à désirer
de lui ? « Vous faites, seigneur, lui dit

Tome I.   M

ma tante, une démarche qui ne convien
point à un homme bien-né. Si vous étiez
familier de l'inquisition, vous n'agiriez pas
autrement. — Si vous connoissiez, madame,
répondit Fernand, la pureté de mes intentions.... — Nous ne voulons en rien
connoître, répliqua ma tante, et vous me
permettrez de vous dire que vous ne pouviez pas choisir une plus sotte voie pour
nous les faire connoître, que la ruse in-
décente que vous employez dans ce moment. — Mais, madame, daignez donc
m'indiquer un moyen. — Nous n'en avons
aucun à vous indiquer. — De grâce, au
moins quatre minutes d'entretien. — Cessez, seigneur, cessez ces importunités;
nous ne voulons rien entendre. — Est-il
possible ! Par quelle fatalité se fait-il que
vous me refusiez une faveur que vous ne
refuseriez pas au dernier des hommes ? Et
vous, mademoiselle, ajouta Fernand en me
regardant, confirmez-vous ce terrible arrêt ? — J'ose attendre, lui répondis-je,

de la déférence que vous devez avoir pour
ma tante, que vous vous conformerez à
ce qu'elle exige de vous? — Que faut-il
donc faire? Qu'exigez-vous de moi? —
Nous demandons, lui dit ma tante, que
vous veuilliez bien nous laisser continuer
tranquillement notre chemin, sans nous
suivre comme vous le faisiez tout-à-l'heure;
et que, dans aucune circonstance, vous ne
cherchiez à vous introduire chez nous,
sans en avoir obtenu notre agrément. Si
nous jugeons un jour qu'il soit nécessaire
de vous accorder l'entretien que vous désirez, croyez que nous saurons bien trouver quelque moyen de vous en instruire.
—Puis-je espérer, mademoiselle, dit Fernand en se tournant de mon côté, qu'en
tenant ces conditions, vous voudrez bien
m'accorder mon pardon, et me conserver
quelqu'estime? — Nous serions bien fâ-
chées, ma tante et moi, lui répondis-je,
que vous nous fissiez perdre la bonne
opinion que vous nous avez donnée de

M 2

vous à Buen-Retiro. — Ah ! conservez-la, mademoiselle ! s'écria-t-il ; que ne ferois-je pas pour vous prouver que je la mérite! Je vous obéis ; je me retire avec l'espoir qu'un jour il se présentera quelqu'occasion de vous faire mieux connoitre le fond de mon âme. »

Il se retira en effet, et comme il vit que nous prenions la rue à droite, il prit celle à gauche. Ma tante pensoit qu'il auroit peut-être la curiosité d'entrer dans la boutique d'où il nous avoit vu sortir, mais il ne parut pas même en avoir la pensée ; il ne revint point sur ses pas, ne regarda nullement derrière lui, et nous le perdîmes de vue.

Environ huit jours après, comme nous venions d'entendre la messe dans l'église de Saint-Jacques, et que nous nous retirions, nous le rencontrâmes près du bénitier avec le jeune homme que vous dites être le fils du Juif-Borgne, et s'appeler Wanderghen. Ils s'arrêtèrent en nous

voyant : celui-ci présenta de l'eau-bénite à
ma tante, et Fernand m'en présenta à moi,
mais nous refusâmes l'un et l'autre : nous en
prîmes nous-mêmes, et nous avançâmes
hors de l'église. Les deux jeunes gens cou-
rurent à nous et nous présentèrent la main
pour nous aider à descendre les marches ;
nous les refusâmes encore. Fernand s'approchant alors de moi, me dit en baissant
le ton, mais assez haut pour que ma tante
l'entendît : « Quel terme, mademoiselle,
mettez-vous à l'arrêt que vous avez porté
contre moi ? Quelle marque exigez-vous
de mon profond respect, de mon aveugle
soumission à vos volontés ? Pourriez-vous
en douter encore ? — Oui, répondit brusquement ma tante. — Mais mon Dieu ! dit
Fernand, que faut-il donc faire pour vous
en convaincre ? — Il falloit, répondit ma
tante, tenir votre parole, il falloit ne pas
vous trouver ici. — Je vous entends, madame, repliqua Fernand, vous me faites
injure. Je vous proteste, sur mon honneur,

M 3

sur ce qu'il y a de plus sacré, que le pu
hasard..... — Mon Dieu ! ne jurez pas
seigneur ; il n'y a qu'un moyen de nou
prouver que vous dites vrai, c'est de vou
retirer sur-le-champ, et de prendre un
rue opposée à celle où nous allons entrer
En vérité, seigneur, ajouta ma tante
vous excédez les gens ; vous nous ferie
déserter Madrid et l'Espagne ; vous nou
y rendez la vie pénible. — Cependant, di
alors Wanderghen en s'approchant for
près de moi, mon ami Fernand a toute
les qualités requises pour la rendre agréa
ble à mademoiselle, si elle vouloit un pe
s'humaniser. — En voilà bien assez, e
voilà beaucoup trop, dit ma tante en m
prenant la main : adieu seigneur ; chacur
notre chemin ; nous prenons celui-ci ; pre
nez celui-là. » Ils obéirent et se retirèren
du côté opposé au nôtre.

Arrivées chez nous, quelle ne fut p
ma surprise lorsqu'en tirant mon mouchoi
j'en fis tomber un billet ! Nous nous rega

dâmes long-tems ma tante et moi, sans oser y toucher. Enfin elle se décida à le prendre ; il étoit décacheté ; voici ce qu'il contenoit :

« A mademoiselle Joséphine.

» Mademoiselle , mon ami Fernand
» brûle pour vous, et si vous êtes aussi
» sage que belle , vous ne refuserez pas
» quelqu'adoucissement à ses feux ; vous
» ne persévèrerez pas dans une ri-
» gueur qui ne vous mèneroit à rien. Il
» faut un terme à tout, et vous ne voulez
» pas être comme ces demoiselles qui lais-
» sent leurs amans soupirer pendant une
» année entière , avant de donner seule-
» lement leur main à baiser.

» Acceptez , mademoiselle , avec ma-
» dame votre tante une collation dans mon
» jardin de la porte d'Alçala. Fernand ,
» si vous l'exigez, ne sera point de cette
» partie ; il ignorera même si vous le vou-
» lez, que nous ayions eu cette entrevue;

M 4

» mais il faut, mademoiselle, que nous
» l'ayions, parce que c'est le seul moyen
» de finir les choses à la satisfaction de
» toutes les parties. Vous ne pouvez pas
» vous tromper d'adresse : c'est la dernière
» maison de la rue à droite, avant la porte
» d'Alcala. Si vous avez une réponse à me
» faire, envoyez-la à la même adresse ; mais
» je dois vous prévenir qu'il ne vous servi-
» roit de rien de la faire négative. Voici de
» ma part une intrigue commencée, et je
» n'en commence aucune que je ne la
» mène à sa fin. C'est la maxime sacrée,
» c'est l'usage invariable de votre serviteur

» SALOMON WANDERGHEN. »

Jugez, mon cher parrain, combien je
fus outrée de l'insolence de ce Wanderghen qui avoit eu l'effronterie de m'écrire
ces impertinences, et de me glisser furtive-
ment dans la poche les sottises sorties de
sa plume. J'en étois rouge comme le feu,
« Ce Fernand, dis-je à ma tante, est donc

aussi un mauvais sujet, car il n'y a qu'un mauvais sujet qui puisse être lié avec un Salomon Wanderghen, fils d'un infâme usurier. » Ma tante ne fit que rire de ma colère. « Vous voyez, me dit-elle, que d'un autre côté, Fernand est ami de don Carlos qui paroît fort bien élevé. Les jeunes gens dans leurs collèges, dans leurs écoles, sont entraînés à tant de liaisons, ils sont si faciles à se laisser séduire, qu'il ne seroit pas étonnant que Fernand fût lié avec Wanderghen, sans le trop connoître. Il faut rendre justice à ce Fernand ; il prévient en sa faveur, et je ne lui crois point l'âme mal faite. S'il trouve ma nièce belle, je ne peux pas lui en vouloir, autrement il faudroit que j'en voulusse à tous ceux qui la voient. Il pourroit donc se faire qu'un jour il importât de faire connoître à Fernand ce prétendu ami. Sur quoi je suis d'avis de ne point brûler ce beau billet que nous laisserons, comme vous entendez bien, sans réponse. Je le conserve comme pièce de con-

M 5

viction. » En disant cela elle l'enferma dans son tiroir.

Ce sont là, mon cher parrain, les seules occasions que nous ayions données, très-innocemment, comme vous voyez, de parler de nous. La vie obscure et retirée que nous menons, ne nous permet pas de craindre qu'on puisse nous deviner ; mais ce que vous nous dites d'Ambroise et de sa société avec ce méchant Wanderghen, nous inquiète beaucoup. Nous n'avons rien changé à nos manières avec lui ; et ce qui vous étonnera sûrement, c'est qu'il semble redoubler de zèle et d'affection pour nous ; il lui échappe même des larmes en nous parlant de nos malheurs. Est-ce hypocrisie ? Est-ce remords ? Je n'en sais rien. Quand il reste trop long-tems avec nous, et que nous lui représentons que vous pouvez avoir besoin de ses services, il nous répond : « Vous avez raison ; mais c'est que quand je suis ici, j'en vaux beaucoup mieux ; j'en ai plus de probité. »

Le seigneur San-Domingo est venu voir
ce matin ma tante; il m'a beaucoup rassu-
rée; il m'a promis qu'il parviendroit à chasser la fièvre; mais il a ajouté que la convales-
cence pourroit être longue, parce qu'il trouvoit la malade dans un état de foiblesse peu
ordinaire. Il lui a dit à elle-même : «Si vous
voulez, madame, un prompt rétablissement,
il faut m'accorder une obéissance aveugle,
il faut, outre les remèdes qu'on donne aux
personnes qui sont dans votre état, prendre
fréquemment une forte dose de gaité;
chaque fois que je viendrai vous voir, je
vous en administrerai une moi-même. »

Il a tenu parole dès cette première visite;
car il a dit tant de drôleries, que ma tante
n'a pu s'empêcher de rire plus d'une fois,
et elle s'est trouvée réellement mieux lorsqu'il l'a quittée. Il n'a point voulu de ré-
tribution. Comme j'ouvrois la bouche pour
lui en parler, il s'est mis à sourire et m'a
dit : « Est-ce que mon habit noir vous fait
peur, ma belle enfant ? Voulez-vous me

chasser? Je viendrai voir chaque jour votre tante, aussi long-tems que durera la fièvre. Quand il n'y aura plus de fièvre, je vous demanderai mon paiement, et peut-être alors ne voudrez-vous pas me le donner. En attendant, laissez, laissez arranger cela à mon ami Sancha : je suis en compte avec lui depuis dix ans révolus. Il a encombré ma maison d'*in-folios* que je ne lis pas ; je le laisse faire ; cela me donne un air savant ; mais c'est une science qui me coûtera cher ; il faudra bien un jour payer tout cela. Je porterai ces visites-ci en déduction de ma dette, sans préjudice du salaire que vous me donnerez, bel enfant ; entendez-vous ? »

Fasse le ciel, mon cher parrain, que ce navire *le David* arrive à bon port, que nous ayions bientôt des nouvelles de mon père, et que je sache où l'aller joindre !

J'oubliois de vous dire que ma tante refuse absolument de prendre une garde-malade : je n'ai pas voulu la contredire, parce que je vois qu'elle prend sans répu-

gnance tout ce que je lui donne ; il n'en seroit pas de même avec une étrangère: d'ailleurs , comme elle dort assez la nuit , les
soins que je lui donne ne sont pas bien fa-
tigans.

LETTRE XII.

François SANCHA à Joséphine de SUZA.

19 Juillet 17....

JE n'ai rien à vous dire, ma chère filleule, sur vos rencontres de Saint-Ildephonse et de l'église de Saint-Jacques ; mais voici ce qui a pu donner lieu à celle que vous fîtes en sortant de la place Major. Vous devez vous rappeler qu'un soir vous passâtes devant ma boutique avec mademoiselle votre tante. J'étois sur ma porte ; je vous saluai comme cela convenoit ; vous me rendîtes le salut. Il y avoit alors dans ma boutique Fernand, don Carlos et Astucia. Le premier vint à moi, et me dit avec feu : » Sancha, vous connoissez donc ces dames ? » Je

ne pus pas le nier. » Un peu, répondis-je...
indirectement. » Il sortit aussi-tôt de la
boutique sans dire adieu, et je vis bien qu'il
vous suivoit : j'en eus de l'inquiétude ; mais
votre tante s'en est tirée fort adroitement.
Ce fut ce soir-là que le seigneur Astucia
me dit qu'il vous connoissoit aussi, et que
vous étiez belle comme un ange. Don Carlos, de son côté, me dit que je l'obligerois,
si je voulois lui indiquer votre demeure.
Je lui répondis en plaisantant, que je me
garderois bien de le satisfaire ; que je ne
voulois pas lui faire perdre sa tranquillité ;
que les jeunes gens de son âge et de sa mine
étoient comme ces matières combustibles
qui prennent feu en voyant l'étincelle. Il
sourit et m'avoua qu'il avoit sur vous des vues
dont cependant je ne pouvois être offensé.
Astucia ajouta que ma plaisanterie étoit déplacée, et que j'avois tort de faire le mystérieux avec don Carlos qui avoit peut-être
le droit d'exiger ce qu'il s'étoit contenté de

demander honnêtement. La conversation n'alla pas plus loin.

Le lendemain, Fernand étant venu à son ordinaire chez moi, me parut fort échauffé. Sa tête étoit un brasier. Il parla de vous, ma chère filleule, avec passion et comme un homme vivement épris de votre beauté; il me conjura, me supplia de lui apprendre qui vous étiez, où vous demeuriez, jura qu'il mourroit de douleur si je lui refusois ces éclaircissemens, et qu'il ne vouloit que se borner à pincer de la guitare sous vos fenêtres. Je lui répondis en riant, que je ne croyois pas que vous aimassiez les sérénades; et toutes ses instances ne purent m'arracher mon secret.

Tous ces détails vous prouvent cependant, ma chère filleule, que vous ne pouvez trop prendre de précautions, trop vous tenir sur vos gardes : ne sortez jamais sans votre voile; dissimulez toujours avec Ambroise.

Je suis bien aise que votre tante éprouve du mieux : elle se trouvera bien des avis et des ordonnances du docteur San-Domingo. Il est fort instruit, et n'a que des remèdes innocens. Il est très-vrai qu'il me doit quelqu'argent : il est attaqué de la bibliomanie, et avec cette maladie on va loin ; mais nous sommes trop amis pour que nos comptes ne soient pas aisés à faire.

J'espère, ma chère filleule, avoir bientôt des nouvelles consolantes à vous donner de votre père, et que vous pourrez l'aller joindre dans l'asile qu'il se sera choisi.

LETTRE XIII.

Don Pedro de Massaréna à don Juan Spinoletto.

Naples , 30 Juillet 17....

ENCORE un de vos protégés, seigneur et très-honoré frère , que je congédie. C'est le seigneur Balbuena dont la belle écriture m'avoit séduit , plus encore que le témoignage que vous m'aviez rendu en sa faveur. S'il retourne à Madrid , et que vous veuilliez lui continuer votre protection , vous en êtes assurément bien le maître ; mais ce sera vous rendre service à l'un et à l'autre, de vous prévenir qu'il tient beaucoup mieux sa place dans une taverne que dans un cabinet d'ambassadeur.

Voilà de bon compte , seigneur , cinquante-trois lettres que je reçois de vous depuis que je suis ici, et qui toutes ont pour objet de m'enjoindre de placer des sujets que vous déterrez je ne sais où. Si vous continuez sur ce ton, il ne me restera pas assez de temps pour les affaires du roi. Mes journées se passeront à lire vos lettres de recommandation, à écouter et à congédier les gens qui viennent de votre part.

Permettez-moi de vous dire, puisque nous en sommes sur ce chapitre, que cette légèreté à protéger, que cette profussion de lettres de recommandation, font tort à votre jugement, vous donnent des ridicules dans le monde : elles nuisent même aux bons sujets qui par hasard se rencontrent dans la foule de ceux pour qui vous vous intéressez. J'ai été témoin dans les bureaux de l'Escurial et de Madrid, que quand on voyoit votre nom au bas d'une lettre, on n'alloit pas plus loin ; on mettoit la lettre à l'écart, et on faisoit au porteur en faveur de qui elle étoit écrite, cette réponse laconique : *Cela ne se peut pas*. Il faudra bien, si vous continuez à m'obséder de vos épîtres, à me demander par chaque courier plus de places que n'en peut donner le *musquitz* (1), que je suive les mêmes erremens.

Permettez-moi encore de vous dire, seigneur, que cette fureur de vouloir être tout, faire tout chez moi, me pourroit à la fin devenir intolérable. C'est bien assez que vous soyez le maître chez moi, à Madrid ; pour Dieu ! laissez-moi donc faire quelque chose à Naples, sinon vous m'obligerez de demander une ambassade à Pékin, pour m'éloigner de cette tourbe d'aventuriers qu'amassent sans cesse autour de moi les espérances qu'il vous plait de leur donner, pour ne plus entendre retentir à mes oreilles, nuit et jour : *Don Juan de Spinoletto veut, don Juan de Spinoletto entend, don Juan de Spinoletto a com-*

_____

(1) Premier ministre.

mandé. Eh! parbleu, seigneur, je ne vous trouble pas dans vos plaisirs ; faites taire par le bruit de vos castagnettes et de votre tambour de basque tous les rossignols d'Aranjuez, je n'y trouve pas à redire ; mais laissez-moi donc en revanche un peu de repos dans mes affaires. Je ne blâme point l'amitié que vous avez pour votre sœur, l'ascendant que vous avez sur son esprit ; bien loin de-là : l'union entre parens est un devoir et une chose honorable, sous tous les rapports, à ceux qui en donnent l'exemple. Je mettrois donc volontiers du mien s'il étoit nécessaire, pour fortifier l'attachement que vous portez à la senora Massaréna ; mais ne pouvez-vous être en paix avec elle, sans être en guerre avec moi ? J'ai beaucoup de reconnoissance pour ce que vous vous réservez, dites-vous, de faire en faveur de mon fils don Carlos ; mais seroit-il juste que je sacrifiasse le repos de ma vie à des promesses dont l'effet est dans l'avenir ?

Vous croyez, seigneur, que j'ai de l'humeur; point du tout. Vous grondez toujours, il doit bien m'être permis de gronder une fois. En censurant les ridicules que vous vous donnez sans raison, et qui nuisent au crédit dont vous devriez jouir dans le monde choisi où l'on ne vous voit pas assez, je rends justice à votre magnificence, à votre libéralité, à la noblesse que vous mettez souvent dans vos procédés.

Pour vous prouver au contraire que je n'aurai jamais dans mes observations et ma conduite avec vous, d'autre but que de vous prouver que j'ai toujours raison quand vous avez toujours tort, je veux bien descendre à vous faire mon apologie sur un article qu'il est inconcevable que vous ayiez tant à cœur. Vous comprenez que cet article, c'est mon amitié pour la famille Texado.

Vous saurez donc, seigneur, qu'à la mort de mon père qui vivoit un peu du jour à la journée, et qui, au lieu de s'en-

richir pendant son commandement au
Pérou, y avoit contracté des dettes effroya-
bles par leur total, je trouvai une succession fort embarrassée et vingt procès à
dévorer avant d'y voir clair : si bien que
le premier avis des gens d'affaires que je
consultai, fut que je devois renoncer à la
succession, et me contenter d'un petit do-
maine qui m'avoit été substitué. Vous comprenez que si j'en eusse été réduit là,
je ne serois probablement pas aujourd'hui
l'époux de votre chère sœur que j'épousai
deux ans après la mort de mon père.

Ma bonne étoile voulut qu'avant de
prendre un dernier parti, je m'adressasse
à Gonzalez Texado qui jouissoit parmi
les jurisconsultes d'une réputation juste-
ment méritée. Texado s'enfonça dans ce
labyrinthe avec un courage héroïque : il
débrouilla ce cachos avec une intelligence
qui tenoit du miracle. En six mois les
vingt procès furent jugés, et nous n'en
perdîmes qu'un seul de très-peu de conséquence. Texado, qui ne mettoit nul ordre

dans ses affaires personnelles, en mit dans les miennes un si admirable, que je dois à ses généreux soins, à son infatigable travail, de jouir de la succession entière de mon père, libre et quitte de toute dette.

Vous en conviendrez, seigneur, ou l'ingratitude est une vertu, ou j'ai dû chercher toutes les occasions de témoigner ma reconnoissance à Texado. Ce n'est pas le seul lien qui m'unit à lui. A force de le voir, de le fréquenter pour mes affaires, je pris un tel goût pour la société de cet homme vertueux et éclairé, qu'elle devint pour moi un besoin. Je n'ai jamais fait une démarche en quelqu'affaire que ce fût, sans prendre son avis, et ce qu'il m'a dit de faire, a toujours été ce qu'il falloit faire; de sorte qu'il a été à la lettre, l'artisan, l'unique artisan de ma fortune, et la senora Massaréna ne peut pas avoir oublié que c'est à cet honnête homme, que nous devons le bonheur de nous être connus et unis.

Je

Je ne cherchai donc pas, seigneur, si Texado avoit des aïeux nobles ; je ne regardai que son mérite, que les obligations que je lui avois, nous devînmes amis intimes. Il eut un fils en même tems que moi. La femme d'un de mes gens nourrit l'enfant de Texado ; le mien fut nourri par une femme du même village. Ces deux enfans se connurent ainsi dès la mamelle. En grandissant, ils devinrent inséparables. On obtenoit tout de l'un et de l'autre, quand on le menaçoit de le priver pendant une heure de la compagnie de son petit ami. J'ai toujours été pour l'éducation publique ; j'ai toujours eu antipathie pour cette éducation qui isole l'élève, qui se fait sous les yeux d'une mère qui gâte, d'un père qui n'a le tems de rien voir, de laquais qui défont ce que l'instituteur a fait. Sortis de la première enfance, les deux enfans furent mis dans la même école ; sortis de l'école, ils entrèrent dans le même collége ; ils

Tome I.   N

eurent les mêmes maîtres; à mesure qu'ils avançoient en âge, on déceloit en eux une sympathie, un rapport d'humeur qui étonnoit leur régent. Quand le petit Texado avoit la première place, don Carlos avoit la seconde; quand celui-ci avoit la première, l'autre passoit à la seconde. Il en étoit de même pour les grands prix à la fin de l'année. Celui des deux qui n'avoit pas le premier, obtenoit le second. C'étoient deux noms qui s'entrelaçoient, pour ainsi dire; deux jeunes arbrisseaux qui, en croissant l'un à côté de l'autre, marioient leurs branches; deux enfans enfin qu'on voyoit, qu'on rencontroit toujours ensemble. Sortis du collége, don Carlos revint chez moi, Texado fut destiné, comme il paroissoit convenable, à la profession de son père: mais cette différence de destination ne les empêchoit pas de se voir, de se réunir, de rester ensemble aussi long-tems que leur nouveau genre d'études le leur permettoit. Or, il ne m'appartient pas, seigneur, de désunir ce que Dieu a si bien uni.

Votre chère sœur dit que quand on a payé, on ne doit plus rien. Cette sottise lui sera échappée dans un de ses accès de vapeurs, et vous l'en réprimanderez sans doute, en lui faisant remarquer qu'il est des services que l'argent ne paie pas. En voici un exemple : Supposez que vous eussiez été jetté par un accident quelconque au milieu des flots, et que vous eussiez été prêt à vous noyer sans espoir de salut ; supposez encore qu'au moment où vous auriez été sur le point de périr, il se fût trouvé un homme assez hardi, assez courageux pour braver le danger, et qui, vous arrachant à la fureur des flots, vous eût déposé sain et sauf sur le rivage : croyez-vous qu'une partie, que la moitié de votre fortune pût payer un tel service ? Eh bien! voilà précisément le cas où se trouve don Carlos à l'égard du jeune Texado. Si vous ne le savez pas, faites-vous conter l'aventure de Buen-Retiro. Je dois au père mon existence, ma fortune ; je dois au fils la conservation du mien. Si ce ne sont pas là des liens, il n'y a plus ni reconnoissance, ni morale, ni aucun motif pour qu'un homme se rapproche d'un autre homme.

Le désintéressement de Gonzalez Texado, ou, si vous voulez, son insouciance pour tout ce qui n'avoit trait qu'à son intérêt particulier, ne m'a pas permis de faire pour lui de son vivant ce que j'aurois désiré faire. Pendant sa dernière maladie, je le visitai tous les jours. Voici ce qu'il me dit quelques heures avant sa mort :

« Votre amitié pour moi, mon cher don Pedro, verse de grandes douceurs sur mes derniers momens. Dans l'état où j'ai mis mon âme, il ne me reste qu'une seule inquiétude ; je vous la confie par-

ce que vous seul pouvez ôter de dessus
mon cœur le poids qui l'oppresse. Je
laisse des affaires je crois fort dérangées,
et je me repens dans ce moment, d'avoir
toujours été moins occupé de l'intérêt
de mes enfans que de celui de mes cliens.
Ce qui augmentera vraisemblablement le
désordre de mes affaires, c'est que mon
fils est trop jeune pour hériter sur-le-
champ de la confiance que j'inspirois au
public. Cet enfant a des qualités estima-
bles, que je voyois germer avec complaisance; je me flattois qu'il arriveroit
à la même considération que celle dont
j'ai joui, et à une meilleure fortune; je
comptois sur lui, sur ses talens, sur son
travail, pour mettre sa mère et ses sœurs
à l'abri du besoin. Je m'afflige de sa jeunesse, de son inexpérience, de la facilité
de son caractère, et du penchant qu'il a
à se livrer aveuglément à celui qui sait
mieux le carresser. Je lui connois d'ailleurs
une tournure d'esprit propre à l'entraîner

N 3

à de fausses démarches, s'il n'est pas guidé
jusqu'à ce que sa raison soit mûrie. Je
crains encore que sa mère, en voulant
hâter le moment où il pourra être utile
à sa famille, ne recule au contraire ce
moment, en lui donnant des dégoûts,
en le poussant peut-être à une profession pour laquelle ses connoissances, déjà
acquises, seroient perdues, et dont il rem-
pliroit mal les devoirs, s'il croyoit avoir
été contraint de l'embrasser.

» Si j'avois, en mourant, l'assurance,
mon cher Pedro, que vous transporterez
au fils l'amitié que vous avez eue pour
le père, ma séparation de tout ce que
j'ai de plus cher, me seroit infiniment
moins douloureuse. Je vous demande donc,
au nom de la liaison qui existe depuis
long-tems entre nous, que vous m'accor-
diez un dernier témoignage du tendre
intérêt que je vous ai toujours vu prendre à tout ce qui me concernoit. Jusqu'à ce que mon fils soit parvenu à un

âge où il puisse être utile à sa famille, ne le perdez pas de vue ; couvrez-le de toute votre protection dans ses égaremens, et quelque rapport qu'on vous fasse sur son compte, ne désespérez pas de le faire entrer et de le maintenir dans le chemin où il trouvera l'aisance qu'il doit partager avec sa mère et ses sœurs. Voilà la dernière faveur que vous demande, en mourant, votre ami Texado : la lui accordez-vous ? »

Texado, après avoir parlé ainsi, attendoit avec inquiétude ma réponse. Je ne le laissai pas long-tems dans l'incertitude. Je lui cachai la douleur que je ressentois de l'état où je le voyois : je ramassai mes forces ; je pris un visage calme, et d'un ton ferme je lui parlai à mon tour ainsi :

« Dans ce moment terrible, où nous allons nous séparer, après avoir si long-tems vécu dans la plus étroite intimité ; dans ce moment lugubre où la mort vous

N 4

envelope de ses ailes, tout devient imposant, tout prend un caractère de la plus haute importance ; les engagemens reçoivent le plus haut degré de force. Voici ceux que je prends avec vous : J'entends que vous confiez votre fils à mon amitié ; que vous voulez qu'il me soit cher, et que je lui fasse tout le bien que je pourrai lui faire. Les volontés des mourans sont sacrées ; que les hommes me couvrent d'opprobre, que le ciel me maudisse, si je n'obéis pas aux vôtres ! J'accepte le dépôt que vous me remettez, j'aurai toujours l'œil et la main sur lui. Je promets devant ce Dieu qui va vous juger, qui va vous payer de tout le bien que vous avez fait dans ce monde, qu'aussi long-tems que je croirai mes soins inutiles à votre fils, je ne le contraindrai ni dans ses goûts ni dans ses penchans ; mais qu'aussi-tôt que je croirai qu'il a besoin d'un guide, je m'emparerai de lui, je ne mettrai nulle différence entre mon fils et lui, et je ne l'abandonnerai que quand il aura assuré son sort et celui de sa famille. Voilà, ô le meilleur de mes amis, l'engagement que je prends avec vous ! Chassez donc de votre cœur toute inquiétude ; que nul chagrin ne trouble la paix de votre âme ; accomplissez votre sacrifice avec résignation, et pour des soucis chimériques, ne perdez pas dans ce dernier instant la sérénité que vous donna toujours la pureté de votre conscience. Hélas ! le plus à plaindre de nous deux, ce n'est pas vous ; mais au milieu des regrets que me cause votre perte, j'ai cette satisfaction que je saurai si bien conformer ma conduite aux intentions que vous venez de me manifester sur votre fils, qu'en vous rejoignant dans le monde où vous allez entrer, je vous trouverai content de moi. » — « Dieu soit loué ! dit alors d'une voix mourante le vertueux Texado, Dieu soit loué ! Je meurs content. Adieu donc, mon cher don Pedro,

qui voulez aimer mon fils comme vous
m'avez aimé ! Adieu pour toujours ! Ne
nous attendrissons point trop ; quittez-
moi avant que je vous quitte. Le spectacle de votre ami rendant les derniers
soupirs, vous seroit pénible et inutile ;
et il est bien juste que je me livre maintenant tout entier et sans distraction, au
compte que je vais rendre d'une vie qu'il
ne me coûteroit rien de perdre, si en la
perdant, je ne cessois pas de vous voir. »

Tels furent, seigneur, mes derniers
adieux à Texado ; tels sont mes engagemens avec lui. Jugez maintenant si je
puis faire pour son fils moins que ce que
je fais. Ne répondez pas que j'en fais
trop ; vous me donneriez de vous une idée
que je ne veux pas avoir. On passe les
ridicules, on s'en amuse même ; mais on
n'aime pas à appercevoir les taches de
l'âme.

Le jeune Texado, en un mot, s'étant
mis, par je ne sais quelque folie qu'on

m'a dit lui être montée à la tête , dans
cette position où il falloit , pour tenir mes
engagemens avec son père , que je l'eusse
auprès de moi, je me suis emparé de lui,
et je ne l'abandonnerai plus qu'il ne soit
devenu ce qu'il faut qu'il soit. Ma surveil-
lance lui vaudra bien ce que pourra va-
loir à mon fils celle de votre Astucia.
Puisque vous continuez à vous intéresser
à cet Astucia ; puisque vous entretenez
avec lui une correspondance ; puisqu'il est
maintenant le seul protégé que vous ayiez
dans ma maison, il est de votre honneur,
et j'ai droit de vous demander qu'il se
rendre digne de votre protection. Je ne suis
pas difficile; je n'exige pas de lui une tâche trop pénible ; je désire seulement qu'il
se borne à rendre son élève savant en géo-
graphie, en histoire, en mathématiques,
mais sur-tout dans la partie de la tactique,
de la mécanique et des fortifications; je
désire qu'il ne l'introduise que dans des
maisons honnêtes; qu'il lui fasse éviter

toutes les occasions de querelles; qu'il l'engage à garder toute sa bravoure contre les ennemis de son pays; qu'il lui peigne le métier de spadassin comme un métier de lâche et d'assassin. À ces conditions qui ne me semblent pas difficiles à tenir, je consens à donner à Astucia toute ma bienveillance; mais s'il ne les tient pas, il aura, au lieu de ma bienveillance, un traitement dont toute votre protection, seigneur et très-honoré beau-frère, ne le garantira pas.

Adieu, seigneur; aimons-nous toujours; mais pour nous aimer, estimons-nous : l'amitié et l'estime sont compagnes inséparables. Si vous portez un mauvais jugement de ma longue apologie, il n'en résultera qu'une chose, c'est que vous aurez mal jugé; car du reste je serai inébranlable dans mes résolutions comme dans ma conduite.

LETTRE XIV.

Don Pedro de MASSARENA à Inigo ASTUCIA.

Naples, 31 Juillet 17...

LORSQUE j'entrai, mon cher seigneur, au service, j'avois à-peu-près l'âge qu'a aujourd'hui mon fils, et je n'avois pas eu une meilleure éducation que celle qu'il a reçue. Dans ce vieux tems-là, on *tâtoit* dans les corps les nouveaux venus. J'avois mes principes, je n'en rabattis rien ; je ne fus pas *tâté*, et on eut cependant la preuve que j'avois l'âme espagnole. La guerre survint : il s'agit une fois d'aller avec deux cents hommes reconnoître dans un bois, un corps d'ennemis qu'on disoit fort nombreux. Je voulus mener avec moi ceux qui avoient voulu me *tâter*. Ils me suivirent mais ils me laissèrent à l'entrée du bois et revinrent au corps de l'armée, sans avoir perdu un cheveu. Je me tirai de mon expédition de manière à m'attirer les éloges de mes supérieurs ; et je me rappelle qu'ils me dirent que le courage avec lequel j'étois sorti de cette affaire, avoit à-peu-près sauvé l'armée entière. Ce fut dans cette occasion que je reçus le coup de sabre dont je porte la cicatrice à la joue droite. Vous voyez, mon cher seigneur, qu'on peut très-bien se dispenser d'être *tâté*, et cependant voir l'ennemi de très-près.

Je ne sais pas si cette gothique mode de *tâter* est encore en usage dans les corps, mais je sais très-bien qu'elle ne peut avoir pris naissance que chez les cannibales : je sais que celui qui *tâte* est un assassin ; car il ne *tâteroit* pas s'il ne se croyoit supérieur aux armes à celui qu'il *tâte*, s'il n'avoit pas par-devers lui la certitude qu'il fera couler le sang de son adversaire. Je sais encore qu'un espagnol n'a pas trop de tout son sang pour le service de son pays, et qu'il doit être jaloux de le conserver pour avoir à le répandre sur un champ de bataille ; je sais enfin que si don Carlos est *tâté*, que s'il arrive, à ce propos ou à tout autre quelque scène, soit duel, soit rencontre qui ne se passe pas à mon gré et selon les principes que je lui ai prêchés, je m'en prendrai à vous, mon cher seigneur, qui êtes commis à sa garde. Mon fils doit compte de tout son sang à son pays ; et vous, vous me devez compte du sang de mon fils.

Je pense qu'étant averti, comme vous l'êtes, vous serez assez sage et assez adroit pour qu'il ne se passe rien sur ce chapitre, que la religion, l'honneur et le service de notre pays, ne puissent avouer. S'il en arrivoit autrement vous en auriez des regrets cuisans pour le reste de vos jours.

Adieu , mon cher seigneur, méritez, par
vos attentions auprès de don Carlos,
d'avoir le père et le fils pour amis.

CHAPITRE XV.

Fernand Texado à Laurenzo Cascara.

Naples, 1er. Août 17...

Son Excellence m'a communiqué, mon bon papa, la lettre que vous lui avez écrite. Je vous remercie de l'amitié que vous et ma bonne maman me conservez; il n'est rien que je ne fisse au monde pour vous prouver que je ne vous aime pas moins l'un et l'autre, que vous m'aimez.

Rendez-moi le service de charger ce Coxon de dire, de ma part, à son maître, qu'il est, comme vous dites, un fat; que s'il s'avise de parler encore de *tâter*, il aura affaire à moi; que fût-il au bout du monde, j'irai, s'il récidive, lui donner une leçon qui le mettra hors d'état de *tâter* à l'avenir personne.

Il est inutile de parler à don Carlos de la commission que je vous donne; mais vous m'obligerez de vous en acquitter.

Adieu, mon bon papa. Les grands occupations que j'ai, et les lettres qu'il me faut encore écrire aujourd'hui, me privent du plaisir de vous entretenir, plus long-temps.

LETTRE XVI.

Le même à Salomon WANDERGHEN.

Naples , 1ᵉʳ. Août 17...

LE zèle avec lequel tu prends mes intérêts , mon cher ami , me pénètre de reconnoissance ; mais je t'avoue que je crains quelquefois qu'il ne t'emporte trop loin , et que tu ne fasses pour moi plus que tu ne devrois. Je ne change rien à la détermination que j'ai prise dès la première fois que j'ai vu Joséphine , de la posséder à quelque prix que ce soit , et dans quelqu'état que le ciel l'ait fait naître ; mais tu me précipiterois dans le désespoir , si la chaleur de ton amitié pour moi , alloit te pousser à quelque démarche qui pût faire

soupçonner à cette adorable personne
que mon respect n'égale pas mon amour
pour elle. Il faut découvrir son adresse,
mais par des voies dont elle n'ait point à
se plaindre. Dès que tu sauras sa demeure,
tu en resteras là ; tu me feras part de ta
découverte, et je délibèrerai avec moi-
même sur le parti qu'il me faudra prendre.

Don Pedro gagne à être connu : si j'a-
vois ici ma Joséphine, ma famille, mes
amis, rien n'égaleroit mon bonheur ; Naples seroit pour moi un séjour délicieux,
et me feroit oublier Madrid.

Je n'ai rien à opposer, mon cher ami,
aux raisons qui te jettent dans la carrière
des armes ; mais je crains que tu ne trou-
ves à l'exécution de ce projet, des obstacles qui te donneront des désagrémens. Je
ne consens pas moins très - volontiers à
écrire à ce sujet à don Carlos, et je le
fais par ce courier. Cependant je te confesse avec la franchise qu'on se doit entre
amis, que je me bornerai à exposer ta

demande sans l'appuyer. Il ne me convient point de le gêner dans une affaire
de cette nature. L'admission dans le service au grade d'officier, tient à des règles
qui ne me sont pas connues ; et il seroit in-
décent et ridicule à moi de proposer à don
Carlos d'obéir plutôt à mon goût qu'à
ces règles. En général, mon cher ami,
dans toute affaire où la chose publique est
intéressée, ce qui sort de la sphère étroite
où je me trouve placé, sort aussi de ma
compétence. Si don Carlos fait droit à la
demande que je lui présente, je m'en ré-
jouirai par le plaisir que tu en ressentiras ;
mais s'il n'y avoit aucun égard, je ne pourrois lui en savoir mauvais gré, parce qu'il
connoît mieux que moi les devoirs de sa
place.

Adieu, mon cher Wanderghen ; en
toute autre circonstance où il me sera possible de me livrer à mes sentimens pour
toi, tu éprouveras que nul de tes amis ne
t'aime avec plus d'ardeur et de sincérité
que moi.

LETTRE XVII.

Fernand Texade à don Carlos de Massarena.

Naples, 12 Juillet 17....

ECOUTEZ, mon cher ami : s'il arrivoit, par une de ces aventures qui ne sont malheuseusement que trop communes dans le monde et sur-tout dans votre état, que vous vinssiez à vous battre, je quitte Naples, ambassade, espérances, tout ; je cours chercher aux extrémités du monde celui qui se sera battu avec vous, et je le contrains de recommencer le combat avec moi Voilà ce que je vous notifie. Agréez, n'agréez pas ma résolution, je ne la tiendrai pas moins. Je serai ferme, invariable, intraitable sur cet article ; ni vous, ni votre père, ni aucune puissance au monde ne fera changer ma résolution ; voilà qui est dit, et dit pour toujours. Passons à d'autres affaires.

Wanderghen veut entrer au service, et y débuter par le grade de lieutenant. Il préfèreroit votre corps à tout autre, et me charge de vous demander de l'y admettre. Si cette admission est en effet une chose possible, vous m'obligerez d'y donner les mains, parce qu'en rendant service à un de mes amis, vous me rendez ce service à moi-même ; mais je n'ai pris avec lui aucune sorte d'engagement ; je le préviens par ce courier que je me borne à mettre sa demande sous vos yeux.

Vous ferez donc dans cette rencontre comme vous l'entendrez, donnant tout à l'ordre établi dans votre corps, et rien à l'amitié ; vous pensez bien qu'il ne me viendra jamais à l'esprit de m'offenser parce que vous m'aurez refusé une chose que vous n'auriez pu m'accorder sans vous exposer à l'inconvénient de manquer à votre devoir. Parlons maintenant de votre père.

Je vous avois écrit qu'il m'avoit annoncé un second entretien. Comme cet entretien, suivant sa promesse, devoit rouler sur des affaires qui me concernoient très-particulièrement, je l'ai attendu avec impatience, et long-tems. Je n'appercevois en attendant, aucun changement dans la conduite de don Pedro à mon égard. Toujours la même réserve, le même froid, jamais d'épanchement, de familiarité. Enfin, le jour désiré arrive : après le travail du matin, don Pedro monte dans ma chambre, prend l'ouvrage dont par son ordre je venois de m'occuper, et me dit : « Le seigneur Texado dîne-t-il ici, aujourd'hui? —Oui, seigneur.—J'y dîne aussi : si le seigneur Texado n'a rien de mieux à faire que de jaser avec moi, il m'obligera de passer dans mon cabinet après la sieste; je serai seul. »

Comme

Comme j'avois la confiance que ce sécond entretien ne se passeroit pas plus mal que le premier, j'en attendis l'heure sans agitation. Je fis un fort bon somme pendant la sieste. Ce qui ne vous étonnera pas, c'est que je ne rêvai, en dormant, qu'à Joséphine, à vous, à don Pedro; mais ce qui vous surprendra, c'est que je fis le rêve suivant : Il me sembla que j'étois dans la galerie de St.-Ildephonse avec vous ; que tout-à-coup nous entendîmes des cris d'effroi, et vîmes que chacun fuyoit avec précipitation. Comme nous cherchions à démêler la cause de ce mouvement, un hermite se présenta à nous et nous montra un serpent d'une grosseur effrayante, qui sortoit de l'appartement du roi, se dressoit sur la pointe de la queue, et menaçoit de s'élancer sur la foule qui fuyoit. « Ne craignez rien, nous dit l'hermite; cet animal ne vous fera aucun mal; il n'en veut qu'à cette jeune personne que vous voyez habillée en noir, à côté de cette

Tome I.   O

dame aussi en habit de deuil ; il veut la dévorer. » Quel fut notre étonnement à vous et à moi, de voir que cette jeune personne et cette dame étoient Joséphine et sa tante! Dès que Joséphine nous apperçut, elle courut à moi les bras ouverts, comme pour se précipiter dans les miens, et se faire un rempart de mon corps. Au moment où elle alloit me joindre, le serpent, en poussant un sifflement horrible, s'élança sur elle, et fit plusieurs plis autour de son corps. Je saisis le col de l'animal, et le serrai avec roideur, tandis que vous, armé d'un damas, coupâtes les replis de son corps, qui tomba par pièces sur le parquet, sans que Joséphine eût pu être blessée de ses dards. Les images qui se présentent à nous pendant ces sortes de rêves, sont quelquefois bien bizarres : je ris encore quand je songe qu'il me sembloit que ce serpent avoit la phisionomie d'Astucia. Comme vous veniez de tuer la bête, j'entendis sonner quatre heures : je ne trouvai plus ni serpent ni Joséphine, ni vous ni l'hermite ; je vis clairement que je n'étois pas à Saint-Ildephonse, mais à Naples, et que c'étoit l'heure de me rendre dans le cabinet de don Pedro. Je m'y rendis, la tête pleine de l'extravagance que je venois de rêver.

Je trouvai votre père, comme la première fois, étendu dans son fauteuil, une jambe sur l'autre, ayant à côté de lui, sur la table, quelques lettres ouvertes. Il en tenoit une à la main, que je reconnus être de votre écriture. Il étoit nu-tête, me fit une petite inclination quand j'entrai, et me montra de la main le fauteuil qui étoit de l'autre côté de la table. Je m'y assis; il quitta la lettre qu'il tenoit à la main, et voici le discours qu'il m'adressa :

« Il seroit tems, seigneur Texado, que vous puissiez vous rendre compte à vous même, si vous me connoissez, et si je vous conviens. Mais soit que vous me connoissiez ou que vous ne me connoissiez pas,

soit que je vous convienne ou que je ne
vous convienne pas, il n'en sera ni plus
ni moins. Je vous en préviens, afin que
vous régliez sur cet avis votre conduite,
vos projets vos espérances. Vous voyez
qu'il ne me seroit pas possible de vous parler plus loyalement. Je vous ai arraché de
Madrid ; j'ai dû le faire. Vous êtes auprès
de moi, vous y resterez, bon gré, mal
gré, jusqu'à ce que j'en décide autrement.
Qui m'a donné cette autorité sur vous? Si
je ne l'avois pas, je ne la prendrois pas.
J'ai été l'ami de feu votre père, tout autant qu'un homme peut être l'ami d'un
autre homme. Si vous ne connoissez pas
ses dernières volontés, moi, je les connois ;
je ne vous en dois aucun compte ; c'est à
vous à vous bien enchâsser dans la tête,
que ce que je fais est très-bien fait, et
que nul n'a le droit d'y trouver à redire.

» Passons à un autre article : vous êtes
l'ami de don Carlos ; si vous cessiez de
l'être, la faute viendroit de vous seul ; tous

les torts seroient de votre côté ; et ce seroit
bien tant pis pour vous , car il ne vous en
aimeroit pas moins. J'ai une connoissance
parfaite du fond de son caractère ; il ne
tient qu'à vous que cette union qui a commencé entre vous deux avec la vie , ne finisse aussi qu'avec la vie. Mais prenez
garde , seigneur Texado , à ce que j'ajoute ;
car le mot sacré d'ami est un mot que les
hommes prostituent ; ils se le jettent à la
tête : interrogez ceux qui s'embrassent le
plus cordialement ; pas un peut-être ne
saura vous dire ce que c'est que l'amitié.
Deux hommes sont amis, seigneur, Texado , lorsque tout est commun entr'eux ;
l'amitié est une union où il peut bien y
avoir , lorsque l'avantage de l'un ou des
deux conjoints le demande , séparation de
corps ; mais comme il n'y a jamais séparation de cœur , il n'y a non plus jamais
séparation de bien ; et c'est ce qu'il vous
faut bien retenir. Si vous avez une autre
idée de l'amitié, elle est fausse. Je ne re-

garde comme véritablement amis que ceux
chez qui tout est commun , la bourse
comme le reste, et qui puisent dans la caisse
commune, sans s'enquérir lequel des deux
a mis plus ou moins dans la communauté.
La fortune de don Carlos doit être à vous,
comme un jour celle que vous pourrez avoir
doit être à lui. Vous êtes frères ; et aussi long-
tems que vous vous regarderez comme tels,
ainsi que c'est mon désir et ma volonté, je
ne mettrai pas plus de différence entre
vous deux qu'il n'y en a entre vos âges. »

Ici, mon cher ami, je ne pus me con-
tenir ; je me jettai aux pieds de votre
père , je les arrosai de mes larmes, et je lui
dis : « O seigneur ! quel homme peut
vous être comparé ? Quelle injustice je vous
faisois ! Je ne mérite pas la centième partie des bontés dont vous m'honorez. Qui,
moi, avoir don Carlos pour frère ? Moi,
vous avoir, seigneur, pour père ? Je suis
indigne de cette immensité de bonheur...
Je n'en peux supporter le poids. — Oui,

répondit don Pedro un peu ému, en me relevant et me faisant signe de retourner à mon fauteuil ; oui, Fernand, oui, je suis votre père, comme je le suis de don Carlos ; j'ai pour vous la tendresse d'un père, d'un bon père.... j'en ai l'autorité et je saurai en user. Mais, venons à des questions auxquelles vous répondrez, s'il vous plaît, sans ambiguité, franchement, et sans intention de me rien déguiser. Si la véracité n'étoit pas dans votre cœur et sur vos lèvres, si vous aviez la bassesse de dissimuler avec moi, vous auriez sujet de vous en repentir. Écoutez-moi donc. »

Il s'établit alors entre don Pedro et moi le dialogue suivant :

« Vous connoissez un Salomon Wanderghen? — Oui, seigneur. — Particulièment ?--Très-particulièrement.--De quelle nature est votre liaison avec lui? — Intime. — Aussi intime qu'avec don Carlos? — Ce n'est pas le même genre d'amitié. Si j'avois à être abandonné par l'un des deux,

j'aimerois beaucoup mieux l'être par Wanderghen. Je me consolerois de sa perte,
mais je ne me consolerois jamais de celle
de don Carlos. — L'estime entre-t-elle
dans cette liaison ? — Mais, seigneur, je
n'ai aucune raison de mésestimer Wanderghen ; je ne lui ai vu faire aucune action que j'eusse le droit de blâmer. —
Quelles sont les raisons qui vous attachent
à lui ? —— Il a beaucoup d'esprit, un esprit
naturel et enrichi de connoissances ; il est
même auteur ; il a du moins composé des
ouvrages qui sont encore manuscrits, mais
qu'il se propose de faire imprimer. — De
quel genre sont ses connoissances ? — Sur-
tout les mathématiques et la législation des
empires. — Oh ! oh ! ceci est du sublime.
Eh ! par Saint-Janvier ! où a-t-il appris la
législation des empires ! — Dans l'observation , dans l'histoire. — J'entends , j'entends ; ce sont des spéculations , des romans de politique. Et le cœur , qu'en
dites-vous ? —— Je le crois bon. — Vous

en a-t-il donné des preuves ? — Oui, seigneur. — Personnelles ? — Personnelles.
— De quel genre ? — J'ai toujours trouvé
sa bourse ouverte lorsque j'y ai eu recours.
— C'est-à-dire que vous lui avez emprunté, et qu'il vous a prêté. Cela se monte-t-il
haut ? — Mais, cela va bien à une cin-
quantaine de piastres. — Avez-vous rendu ?
— Pas encore. — Vous a-t-il demandé le
remboursement ? — Jamais. — Où votre
liaison a-t-elle pris naissance ? — Aux
écoles de droit où je l'ai trouvé lorsque
j'y suis arrivé. — Il se destine donc au
barreau, à la magistrature ? — Il vient de
changer d'avis ; il veut entrer au service,
et sollicite une lieutenance dans le régiment de don Carlos. — Dans le régiment
de don Carlos ! je ne savois pas celle-là.
A-t-il de la naissance ? — Je ne connois pas
ses ancêtres. — De qui est-il fils ? — D'un
homme qui paroît avoir amassé de grandes
richesses, soit dans la banque, soit dans
le négoce ; mais qui ne jouit pas d'une

O 5

grande considération , du moins parmi le
petit peuple , chez lequel il est moins
connu par son véritable nom , que par un
ridicule sobriquet. — Quel est ce sobriquet? — Le Juif-Borgne. — Je ne connois
pas cela. Est-il borgne en effet ? — Oh !
très-borgne. — Son véritable nom , quel
est-il ? — Moïse Wanderghen. — Je ne
connois pas cela. Moïse , Salomon ; ces
noms-là sont fort beaux , sans doute ;
mais ils sentent le judaïsme. Wanderghen
n'est pas un nom espagnol. Ces gens-là
sont - ils catholiques ? — Je pense que
tout au moins le fils l'est , puisqu'il a pris
ses grades. — Ce n'est pas une raison. Le
barreau , les tribunaux , des maisons même
religieuses comptent plus d'un être amphi-
bie qui en public est catholique, et qui
dans le particulier judaïse. Ce phénomène
est plus commun qu'on ne pense dans
notre Espagne et en Portugal. On pré-
texte un voyage à Bordeaux, à Metz, à
Avignon ; on s'y fait circoncire, et on re-

vient parmi nous, prendre des fonctions qui exigent serment et profession ouverte de catholicisme. Salomon Wanderghen n'auroit-il pas été dans quelqu'une de ces trois villes ? — Il est vrai qu'il m'a dit avoir fait un voyage à Avignon au sortir du collège. — Eh bien ! je gagerois qu'au sortir du collège, ce Salomon Wanderghen a été se faire circoncire dans la synagogue d'Avignon. Méfiez-vous, Fernand, des hommes qui ont deux religions. Je vous certifie que Salomon Wanderghen n'aura point de lieutenance dans le régiment de mon fils. En voilà bien assez sur son compte. Connoissez-vous Astucia ? — Foiblement. — Quelle idée en avez-vous ? — L'ayant vu rarement, toujours en la compagnie de don Carlos, ne l'ayant jamais entretenu en particulier, je n'ai pu m'en former aucune idée. — Le croyez-vous de vos amis ? — Il ne m'est jamais venu en pensée d'avoir un tel souci. — Qu'en pense don Carlos ? — Il ne m'en a jamais parlé ni en bien ni en

mal. — Connoissez-vous mon beau-frère
don Juan Spinoletto ? — Non seigneur.
— Vous l'avez pourtant vu ? — Trois ou
quatre fois à votre hôtel ; mais comme il
ne m'a jamais adressé la parole, et que je
ne la lui ai jamais adressée, je ne le connois
que de vue. — Et la senora Massaréna ? —
J'en ai reçu un accueil gracieux, lorsque
,j'ai eu l'honneur de lui être présenté, et
dans le petit nombre de visites qu'il m'a
été permis de lui faire. — Il faut vous mettre bien dans ses bonnes grâces, lorsque
vous serez à Madrid ; cela n'est pas difficile ; le tout consiste à lui faire des complimens de condoléance sur sa mauvaise
santé. Je vous dis là le secret de la famille.
Révélez-moi celui de la vôtre. On dit que
vous avez une sœur fort jolie qui veut se
faire religieuse. — Il en étoit fort question
à mon départ. — N'entre-t-il point dans
sa vocation des idées qui lui auroient été
suggérées, des vues d'un établissement plus
avantageux pour sa sœur aînée ? En un

mot, est-elle sincèrement appelée à l'état religieux ? Est-ce bien de son seul et propre mouvement qu'elle se dévoue à une retraite perpétuelle ? Il ne faut au ciel que des sacrifices volontaires. Si celui de votre sœur vous paroissoit avoir la plus légère apparence de contrainte, vous seriez tenu de la faire expliquer. Vous concevez quel malheur ce seroit... Mais, vous ne répondez pas. — Il me seroit difficile, seigneur, de faire à cette question-ci une réponse pertinente, parce que je pourrois avoir en moi-même une opinion qui seroit démentie par le fait. Ma mère assure que Rosalie est appelée à l'état religieux ; Rosalie, de son côté, assure qu'elle n'a du goût que pour le couvent. Comment pourroit-il m'appartenir de démentir ou ma mère ou ma sœur ? Je crois bien qu'à examiner les choses à la rigueur, ma mère a quelque préférence pour ma sœur aînée ; mais d'un autre côté, la vérité veut que je dise que Rosalie semble ne se déplaire qu'à la

maison, et ne se plaire qu'au couvent.
J'ai toujours vu qu'à la maison elle étoit
ennuyée et triste, et qu'au couvent elle
étoit d'une gaîté folle. —Allons, Fernand,
vous faites sur cet article le mystérieux;
et je gagerois que vous n'avez pas la même
réserve avec don Carlos et avec Wanderghen. Dites-moi, connoissez-vous cette
écriture-ci ? »

Don Pedro me présenta alors la copie d'une lettre que vous avez écrite
d'Anduxar à ma mère. J'eus à peine jeté
les yeux sur cette écriture, que je reconnus qu'elle étoit de la main de ma
chère Rosalie. Je ne pus m'empêcher
de porter la lettre à mes lèvres; je la
baisai en m'écriant « Ah ! c'est l'écriture de ma bonne petite sœur Rosalie.
— D'elle-même ? demanda don pedro.
—D'elle-même. — Fernand, votre bonne
petite sœur Rosalie écrit mieux que vous.
Il n'y a pas dans toutes les Espagnes une
femme qui écrive aussi bien. Ce pauvre

Texado, continua à voix basse don Pédro, quelle jolie famille Dieu lui avoit
donnée! Les aimables enfans! Qui pourroit
ne pas les aimer! » Don Pedro qui me
croyoit occupé à lire la lettre, eut l'air de
penser que je n'entendois pas cette expression de sa sensibilité. Ah! elle ne m'échappa point! Mon cœur la dévora. Je m'apperçus même qu'en disant ces derniers
mots, des larmes rouloient dans ses yeux.
Il s'efforça de me les cacher, en tirant
son mouchoir et feignant de s'essuyer le
front. Quel père vous avez là don Carlos!
Quel père! Il est au-dessus de l'humanité. Que je suis petit et misérable devant
lui!

« Elle écrit du moins mieux, continua
don Pedro, que don Carlos; car ce qu'il
fait, fourmille toujours de fautes d'ortho-
graphe; et je vois qu'ici, quoique ce soit
visiblement une écriture faite à la hâte,
il n'y a absolument rien à reprendre. Lisez, lisez Fernand, cette longue lettre,
c'est vous qu'elle concerne. »

Comment pourrois-je jamais vous peindre, mon cher don Carlos, les sensations que j'éprouvois à chaque phrase que je lisois? Mais lorsque je tombai sur cette histoire de la galerie de St.-Ildephonse, dont je n'avois pas le plus léger souvenir, et qui m'arrivoit à la suite du rêve que je venois de faire, je restai sans sentiment, les yeux colés sur le papier. Il est donc vrai, bien vrai, que je l'ai vu ce tableau de Joséphine et de sa tante, en habit de deuil aux pieds du roi. Quelle puissance enchaîna les forces de mon âme, me frappa d'insensibilité! Ah! sans doute, j'en dois remercier le ciel; car si j'eusse été à moi-même, certainement je me fusse laissé aller à quelque funeste extravagance.

Don Pedro, voyant que je ne finissois pas mes rêveries, m'en retira en m'avertissant de continuer ma lecture. Lorsque je l'eus achevée, il me présenta trois autres lettres, en me disant : « Comme tout

ceci, Fernand, vous regarde très-particulièrement, il faut que vous les lisiez encore. » De ces trois lettres, l'une étoit de ma
mère, l'autre de vous, la troisième du bon
papa Cascara.

Je ne puis me rendre compte de la
situation où m'avoient mis ces diverses
lectures, mais lorsqu'elles furent finies,
don Pedro me dit : « Vous êtes agité,
Fernand ; voulez-vous remettre, à un
autre jour la suite de notre entretien ?
— Seigneur, lui répondis-je, les témoignages que je viens de recevoir de votre
excessive bonté pour moi, la grâce que
vous daignez me faire de ne plus m'appeler seigneur Texado, mais simplement
Fernand, me mettent dans la disposition
d'esprit la plus favorable où je puisse jamais être pour écouter respectueusement
ce que vous voudrez bien me dire, et en
faire mon profit. — Votre réponse m'est
agréable ; je n'ai d'ailleurs rien de fâcheux
à vous annoncer, vous auriez certainement bien mauvaise grâce de prendre

en mauvaise part ce que j'ai encore à vous dire. Voici de quoi il s'agit : Je n'ai point à me plaindre de mon sort actuel, puisque je me vois élevé assez haut, et en situation de m'élever encore plus haut ; mais nous ne lisons pas dans l'avenir. Dieu est le maître des événemens : il en fait quelquefois naître d'une telle nature que toute notre prévoyance n'auroit jamais pu les imaginer. Aujourd'hui nous sommes en faveur ; demain en disgrâce. Aujourd'hui la fortune nous fait monter au sommet de sa roue ; demain elle nous en fait descendre. Qui peut se flatter d'être demain ce qu'il est aujourd'hui ? Rien sous le ciel n'est immuable. Il peut arriver que dans quelques heures, je perde les bonnes grâces du roi ; qu'un autre me remplace ici ; que le feu dévore mes maisons ; que des débordemens engloutissent mes champs ; que mes gens d'affaires, que ceux qui me doivent me fassent banqueroute. Il est clair, Fernand, que si de pareils revers arri-

voient, nous n'aurions qu'à nous exhorter
mutuellement au courage et à la patience.
Il y auroit cependant de la folie à promener son imagination sur des calamités
possibles, il est vrai, mais qu'on n'a pas
naturellement sujet de craindre. Enfin,
puisque l'esprit humain veut des illusions
pour pâture, il vaut mieux qu'il en ad-
mette d'agréables que de pénibles.

» Faisons donc une supposition du
genre de celles qui sont agréables. Sup-
posons que vous et moi ne puissions pas
déchoir de la position où nous sommes,
que nous ne puissions que monter. Dans
cette supposition, examinez - vous, Fernand, considérez que votre séparation
d'avec votre famille et votre ami n'est
que momentanée ; que votre économie
vous procurera l'avantage d'être utile à
vos parens ; et votre bonne conduite celui de vous unir toujours plus étroitement
à votre ami et à son père. Si vous êtes
sages, vous devez voir qu'il ne manque
à la situation où vous vous trouvez qu'une

seule chose pour compléter votre bonheur. Tâchons donc d'atteindre à cette
seule chose. Ecoutez-moi attentivement,
ne perdez pas un mot de ce que je vais
ajouter.

» Si don Carlos songeoit à un établissement, je ne le trouverois pas mauvais;
bien loin de-là, j'en aurois une véritable
joie. Son âge ne me feroit pas une raison de l'en détourner. Plus d'un cavalier
s'est lié plus jeune encore que lui, par
les liens que je désire lui voir former;
et si vous voulez, Fernand, que je vous
dévoile mon opinion sur cet objet important, je vous dirai que quand on n'est
pas appelé au service des autels, le céli-
bat met en grand danger l'innocence des
mœurs, sans laquelle l'homme perd ce
qu'il a de plus précieux, santé, raison,
modestie, et presque toujours les qualités
du cœur les plus essentielles; je pourrois
même vous faire remarquer que c'est
parmi ceux qui se livrent à la débauche,
que se trouvent les hommes féroces, les

hommes de sang ; pour vous le prouver, je mettrois sous vos yeux une liste qui commenceroit par Néron. Comme cependant je n'ai point envie de vous faire une dissertation, je laisse cette matière ; il me suffit de vous déclarer que je ne désapprouve point que le tems de l'adolescence écoulé, et sans attendre celui de la maturité , on se choisisse une compagne; mais il est dans le mariage des convenances qui doivent être respectées, parce que d'elles dépend la paix des familles, et par-là le bonheur de la société entière qui n'est que la réunion des familles. Si donc il arrivoit que don Carlos, par un de ces goûts bizarres et honteux, dont je ne le crois pas capable, fixàt son choix sur un sujet qui seroit évidemment indigne d'entrer dans sa famille, je n'omettrois rien pour le guérir de cette fàcheuse passion; mais s'il résistoit à mes soins, s'il s'opiniâtroit à vouloir satisfaire son mauvais penchant, don Carlos seroit le plus malheureux des êtres; je l'abandonnerois à lui-même, je le maudirois, je metrois plusieurs milliers de lieues entre lui et moi.

» Soit que vous ayiez, Fernand, l'imagination plus ardente que don Carlos, soit que vous ayiez l'âme plus aisée à enflammer, vous n'avez pas attendu si tard pour laisser prendre votre cœur, et vous l'avez laissé prendre dans un moment où vous n'aviez ni état, ni fortune, ni espérance de pouvoir de long-tems vous passer des secours de votre mère qui n'est pas riche. Voilà un tort, et un très-grand tort. Aujourd'hui votre situation est changée ; il est même raisonnable de croire qu'elle s'améliorera ; je n'omettrai rien pour qu'il en soit ainsi ; c'est un devoir que je remplirai avec plaisir. Je ne mets donc aucune opposition à ce que vous formiez un établissement ; et puisqu'il importe à votre bonheur d'en former un, vous voyez que les choses sont bien avancées de ma part, et que je ne saurois aller plus vîte. Avec qui prétendez-vous former cet établissement ? La personne que vous avez en vue est-elle digne de votre choix? Prenez garde, Fernand, prenez-y bien garde; si l'action la plus importante que vous puissiez faire est contraire aux principes de sagesse que vous devez avoir dans le cœur, si elle n'a pas mon approbation, elle empoisonnera toute votre vie ; il n'y a plus de bonheur pour vous, et vous pouvez dès ce moment vous appliquer ce que j'ai dit de don Carlos. Il n'y a pour moi aucune différence entre vous deux ; je ne ferai pas mieux pour vous que pour lui. Répondez, Fernand : Joséphine, puisqu'enfin il faut la nommer, est-elle digne de vous ? — Ah ! mille fois trop digne. — Vous le dites, et vous n'en savez rien. Vous ne pouvez pas même m'apprendre son nom. Vous ne connoissez ni ses parens, ni son état, ni les qualités de son esprit ni celles de son cœur. Une forme extérieure vous a séduit : vous vous en tenez là, et rien de plus trompeur que ces avantages qui peuvent bien se rencontrer avec

une belle âme, mais qui n'en sont pas toujours la marque certaine. Il y a plus; cette
céleste beauté veut rester inconnue; elle
s'irrite contre toute tentative qui tend à découvrir le mystère de son amour pour l'obscurité. Avez-vous le droit, avez-vous le
pouvoir de savoir ce qu'elle ne veut pas
que vous sachiez? Quand vous le sauriez,
qui vous dit que la lumière ne seroit pas
pire pour vous que les ténèbres? Il ne faut
sans doute pas juger témérairement de ce
qu'on ne connoît pas; mais il ne faut pas
non plus trop mépriser les conjectures qui
ont un grand caractère de vraisemblance.
D'après cette aventure de St.-Ildephonse,
dont je ne savois pas un mot, quel jugement voulez-vous qu'on porte de votre inconnue? Quelle preuve avez-vous que celui
qui, d'après cet événement, concevroit
d'elle une idée peu avantageuse, concevroit
une idée fausse? Vous n'avez rien de satisfaisant à opposer à ces raisons. Il ne sert
de rien de dire que la passion qui maîtrise
toutes

toutes les facultés de votre âme , est un délire, une ivresse, et que dans l'accès de fièvre où vous êtes, vous êtes incapable de raisonner. L'accès pourra finir , mais les malheurs qu'enfanteront les actions que vous aurez faites dans cet accès, resteront.

» Allons au fait , Fernand ; il faut finir cette situation ; elle doit vous être pénible , et moi-même je m'en lasse. Je ne veux point de toutes ces inclinations romanesques; je ne veux point qu'on s'aime sans savoir si on doit s'estimer. Votre fortune prend un aspect qu'elle n'avoit pas, lorsque vous avez aban-donné votre cœur à un penchant que rien ne justifie encore ; ce changement dans votre fortune est déja un pas vers l'accom-plissement de vos désirs ; vous trouvez un motif de plus de l'espérer dans la promesse que je vous fais de n'apporter nulle oppo-sition à tout engagement raisonnable que vous prétendrez former. Ce n'est pas assez pour vous ; vous avez un troisième pas à faire pour être heureux ; vous ne pouvez

l'être qu'en possédant Joséphine. Eh bien!
je vous la promets; elle est à vous; vous la
posséderez; j'en prends aujourd'hui l'engagement; je n'y mets qu'une seule condition; c'est que vous me prouverez que
Joséphine n'a ni dans sa naissance, ni dans
sa profession, ni dans ses mœurs, ni dans
son caractère, rien qui s'oppose à ce que
vous vous unissiez à elle. — Mais, seigneur,
lui dis-je alors, comment aurai-je cette
preuve, puisque vous-même semblez convenir que je n'ai ni le droit, ni le pouvoir
de l'obtenir? — Non, vous n'en avez ni
le droit ni le pouvoir: ils ne peuvent vous
venir que de moi seul; je vous les donne;
agissez en mon nom; je vous y autorise.
— Encore, seigneur, ne saurois-je comment m'y prendre pour faire usage de l'autorisation que vous voulez bien m'accorder.
— Eh bien, je ferai moi-même ce que
vous ne savez pas faire. Si d'ici à un mois
la preuve n'est pas telle qu'il me la faut,
vous renoncerez, s'il vous plaît, à toute idée

d'un mariage qui, je vous le jure , ne se
fera pas , tant qu'il plaira à Dieu de me
conserver la vie, et je prendrai de telles
mesures, qu'encore après ma mort, il ne se
feroit pas. Si au contraire la preuve est telle
que je l'exige, vous épouserez quand il
vous plaira , à moins que des considéra-
tions que je ne puis prévoir , ne fissent
qu'on ne voulût pas de vous ; car il est au-
dessus de mes forces et loin de ma pensée
de contraindre la volonté d'autrui.

« Voilà , Fernand , mon dernier mot.
Le terme d'un mois est le terme fatal. Je
ne puis ni ne veux en faire plus pour votre
bonheur. Je ne heurte pas les désirs rai-
sonnables ; mais je n'accorde rien à la dé-
raison , rien au caprice, rien à l'opiniâtreté , qui font vouloir ce qu'on ne doit pas
vouloir. Vous connoissez mes vues , ma
volonté ; j'entends que vous vous y conformerez , sinon votre résistance auroit des
suites amères ; des regrets sans espoir de
remède vous suivroient jusqu'au tombeau.

Tout est dit sur cet article, je n'en parlerai plus que quand il le faudra. »

Je voulus hasarder quelques observations, sans trop savoir à la vérité ce que je voulois dire ; don Pedro me ferma la bouche : « Point , point d'observations, me dit-il, il n'y en a point à faire, et je n'en ai point à entendre. J'ai une autre question à vous faire. N'avez-vous point vu Balbuena depuis que je l'ai congédié? — Je l'ai vu , seigneur. — Souvent? — A peu-près tous les jours. — Vous avez mal agi, Fernand, très-mal agi; il ne vous appartient nullement de vous intéresser aux gens qui ne me conviennent point. Ne lui auriez-vous point prêté de l'argent? — Sa position, ... sa détresse m'ont touché de pitié. — Ce n'est pas ce que je veux savoir : lui avez-vous prêté de l'argent? — Je lui en ai prêté. — Combien? — Cinquante-six piastres. — Cinquante-six piatres! Juste ciel! Voilà de l'argent bien placé! Vos parens, Fernand, ceux qui vous servent ici, ceux qui

ont des rapports journaliers avec vous
par les services qu'ils veulent bien vous
rendre, et qu'ils rendroient à un autre,
si vous ne les méritiez pas, voilà vos vé-
ritables créanciers. Défendez-vous de la
foule des nécessiteux; si elle vous entame,
il n'y aura jamais que dérangement dans
vos affaires. Sans doute il faut être généreux, mais pour l'être, il ne faut pas voler
ceux à qui l'on doit. Adieu, Fernand ;
j'ai dit tout ce que j'avois à vous dire. Je
souhaite n'avoir plus de reproches à vous
faire. »

En disant ces derniers mots, don Pedro
s'étoit levé, et alloit de sa cheminée à sa
table, de sa table à sa cheminée, remuant
les flambeaux, les porcelaines, les livres,
les papiers, comme s'il cherchoit quelque
chose. Voyant son air d'inquiétude, je
pris la liberté de lui demander s'il vouloit
me permettre de l'aider dans sa recherche
« Oh! me repondit-il, ce que je cherche
n'est pas grand chose; c'est ma tabatière ;

P 3

elle se retrouvera. En attendant, donnez-
moi, je vous prie, une prise de votre tabac. » Je tirai avec empressement ma
modeste tabatière de carton, et je présentai, en rougissant, une prise de tabac à
son excellence.. « Ah! ah! me dit don
Pedro, vous prenez donc aussi du tabac de
France? Vous avez raison; il vaut mieux
que celui de notre Espagne, qui, par sa
ténuité et les particules ferrugineuses dont il
est mélangé, dessèche le cerveau et trouble
la mémoire. Celui de France est pur, sans
mélange de corps étrangers, et décharge
le cerveau sans le dessécher; mais celui
que vous avez là, n'est pas d'une bonne
qualité. Don Carlos préfère aussi le tabac
de France; je lui en ai fait emplette de
cent livres du meilleur; c'est du Saint-Vin-
cent; vous partagerez avec lui; j'en ferai porter cinquante livres dans votre appartement.

Je voulus alors articuler quelques mots
de remercîmens, sans en pouvoir venir à
bout; je tirai ma révérence et me mis en

devoir de quitter don Pedro; il me rappela.
« Ecoutez donc, Fernand, me dit-il,
quand on prend du tabac, il faut avoir
une tabatière ; si Fierbrac, secrétaire
d'ambassade de France, voyoit celle que
vous venez de montrer là, il feroit quelqu'épigramme sur notre lésinerie. Voici,
continua-t-il en ouvrant son tiroir, deux
tabatières, une pour don Carlos, l'autre
pour vous. » En même tems il les posa sur
la table ; elles étoient toutes deux dans un
petit sac de peau : il en tira une, et me la
présentant il me dit : « Tenez, c'est celle-
ci qui est pour don Carlos, comment la
trouvez-vous ? »

La tabatière, mon cher ami, est tout
simplement d'écaille doublée d'or ; mais
ce qui la rend d'un prix inestimable, c'est
que dessus est enchâssé, dans un cercle
d'or, le portrait de votre père, si ressem-
blant, que je m'écriai : « Dieux ! quelle vérité ! Cette bouche, ces yeux, ce visage,
jusqu'à cette cicatrice, tout est frappant :
c'est vous, seigneur ; c'est la nature même.

—On ne peut en effet, dit don Pedro, rien de mieux dans ce genre. Nous sommes d'habiles gens en Espagne ; mais quelle nation peut être comparée à la nation italienne! Les arts s'y soutiennent toujours à une perfection merveilleuse. Voici, Fernand, continua-t-il, la vôtre : le portrait en sera peut-être moins bien, parce qu'il a été fait à Madrid ; voyez si cette tabatière vous conviendra. » Il me la présenta en même tems, la laissant dans son sac ; je l'en retirai ; ma main, je ne sais pourquoi, alloit lentement, et mon cœur palpitoit. Je faillis perdre connoissance lorsqu'elle fut à découvert. C'est une tabatière de même forme que la vôtre ; comme elle d'écaille doublée d'or. Dessus est le portrait...., de qui?..... de qui?.... de vous, don Carlos; de vous, mon cher ami, en uniforme de votre régiment, ayant le hausse-col et les deux épaulettes de colonel. A cette vue je m'écriai : « O moment délicieux. le plus délicieux de ma vie! C'est lui, c'est lui-même, c'est don Carlos, c'est

mon ami; voilà ses yeux, voilà sa bouche;
il me regarde, il me parle, il me sourit.
Oui, oui, je t'entends, don Carlos, tu me
demandes d'être toujours ton ami : ah !
qui t'aime et qui t'aimera jamais mieux
que moi? » Je baisai mille et mille fois ce
portrait, comme un amant baise celui de
sa maîtresse. Don Pedro sourit en me
voyant me livrer à ces transports de joie
et de sensibilité. « Ah! seigneur, lui dis-
je, vous en faites trop, mille fois trop pour
moi, car je n'ai pas mille vies, et je voudrois les avoir pour vous les sacrifier. Il
m'est , il me sera toujours impossible de
vous exprimer les sentimens que la subli-
mité de votre vertu fait naître en moi.
Avec quelle joie je répandrois tout mon
sang pour vous en donner au moins une
idée ! Et quand je le répandrois, je croirois encore ma reconnoissance au-dessous
de ce que je vous dois. Heureux don Carlos d'avoir un tel père! — Il n'est pas plus
heureux que vous, « répondit don Pedro.
Je sentis vivement tout le charme de ce

peu de paroles qui me rappeloient ce que cet homme divin venoit de me dire, que j'étois à ses yeux, non-seulement votre ami, mais votre frère ; j'en fus si fortement ému, qu'il se manifesta sans doute à mon extérieur quelque chose de l'effet que produisoit la trop grande dilatation de mon cœur. « Vous pâlissez, Fernand, me dit don Pedro, ouvrez la croisée et respirez ces sels. » En même tems il me présenta un flacon : je fis ce qu'il désiroit, et la foiblesse où alloit me faire tomber le gonflement de mon cœur, se dissipa.

« J'ai donc bien choisi, continua don Pedro, j'en suis ravi par le plaisir qu'il me paroît que vous en ressentez. Il ne manque plus qu'une bagatelle a votre équipement. L'autre jour, lorsque Fierbrac vous demanda chez Biancavilla, quelle heure il étoit à votre montre, vous vous tirâtes de cette question par un mensonge, en prétextant que vous l'aviez laissée chez vous. Il ne faut plus mentir. J'ai acheté chez l'horloger de la cour, qui est un for

habile homme, deux montres, une pour
don Carlos, l'autre pour vous. Les voici :
il est indifférent laquelle des deux vous
choisissiez, parce qu'elles sont parfaitement semblables. Les chaînes sont d'or; le
cachet qui est attaché à chacune d'elles,
est également d'or; j'ai fait graver pour
chiffres, sur chacun de ces deux cachets,
les lettres M. et T., qui sont les initiales
du nom de mon fils et du vôtre. Je pense
que ce chiffre vous conviendra à l'un et à
l'autre. Ces montres sont à répétition; elles
sont d'ailleurs fort simples, et n'ont rien
de particulier. Je me réjouis que vous en
ayiez une, parce qu'elle vous servira à
mettre dans vos occupations cet ordre qui
est nécessaire pour que rien ne soit omis,
et que chaque chose soit faite en son tems.
Renvoyez aux jours, où les devoirs de votre place vous laissent du repos, vos longues écritures et vos lettres à vos parens
et à vos amis. Vous pincez de la guitare
comme un écolier, je désire que vous joi-
gniez à cet instrument le violon. J'ai parlé

de vous à Tartini : le talent de cet homme
est un phénomène ; il est vieux , sa main
tremble ; mais n'importe, il peut encore
vous instruire ; il vous donnera quelques
leçons, il me l'a promis. Vous pouvez l'aller
voir : profitez de votre séjour à Naples
pour prendre une connoissance des beaux-
arts. Vous ne trouverez nulle part des
maîtres aussi instruits , aussi habiles , plus
de chefs-d'œuvre qu'ici. L'après-midi ,
après la sieste , vous m'obligerez , quand
vous serez sans occupation , de faire ma
partie d'échecs ; le soir je vous verrai très-
volontiers me suivre dans les cercles où je
vais , sans préjudice toutefois de vos longues
promenades ; point de gêne sur cet article ;
je vous exhorte seulement à les varier, car
tous les environs de Naples méritent d'être
vus et étudiés. Je serois curieux , par exemple , de savoir quel caprice , depuis quelque jours , ou si vous voulez quelle sympathie peut vous attirer si assidûment et
vous retenir si long-tems auprès de *Solfa-
terra ?*

terra ? — Seigneur , j'ai honte de vous le dire. — Il y a donc là quelque chose de honteux ? — Nullement ; mais vous rirez, vous vous moquerez. — Est-ce un mystère , un secret qu'il faut que j'ignore ? Est-ce encore une Joséphine ? — Oh ! loin de-là. C'est.... c'est un hermite. — Un hermite ! dit don Pedro en riant aux éclats; vous aviez bien raison de prophétiser que je rirois. Un hermite ! Vous voulez donc vous faire capucin , parce que Rosalie se fait religieuse ? Est-ce une épisode que vous voulez coudre à votre roman avec l'inconnue, ou si c'est une nouvelle intrigue romanesque que vous voulez filer ? L'histoire doit être vraiment curieuse ; mais il est trop tard aujourd'hui ; il faut que je sorte : remettons-la à un autre jour. Adieu , Fernand : j'ai dans ce moment deux choses fort à cœur ; la première, c'est de connoître la véritable cause de cette tristesse dont on m'a dit, dans les lettres qui m'arrivent, que dont Carlos est affecté; si vous

Tome I.   Q

parvenez à la pénétrer, vous connoissez vos devoirs; quelle que soit cette cause, il faut que je la sache dès que vous la saurez. La seconde chose que j'ai fort à cœur, c'est que vous ayiez gravée, dans l'esprit et dans le cœur, la conversation que j'ai eue aujourd'hui avec vous. Ne contristez ni votre ami ni son père, si vous voulez leurs bénédictions et celle du ciel. Adieu. »

Tel a été, mon cher ami, l'intéressant entretien que j'ai eu avec votre père : je livre l'entretien à vos réflexions, et l'homme à votre adoration.

Vous voudriez bien savoir aussi quel est l'hermite; mais je n'ai pas le tems de vous le conter aujourd'hui : ma lettre est déjà infiniment trop longue, et je suis véritablement excédé d'écrire; ce sera donc pour un autre ordinaire.

Je ne veux pourtant pas finir sans vous dire que ce Balbuena, qui m'a valu une si bonne mercuriale, quitte enfin Naples. Si le vent est bon, le navire mettra après-

demain à la voile. Je le charge de quelques
bagatelles pour ma petite Rosalie. Comme
je veux qu'elle les reçoive, et qu'elle les reçoive toutes, je ne veux point qu'elles ail-
lent à la maison. Ma grande sœur Bénédictine voudroit voir, toucher. A la tentation de curiosité, succéderoit celle d'une
prise de possession, sinon entière, du
moins partielle, et je ne veux pas l'exposer
à une pareille tentation, parce qu'en ne
l'y exposant pas, je serai certain qu'elle
n'y succombera pas. Je recommande à
Balbuena de déposer ce qui est pour Rosalie à l'hôtel Massaréna, à Madrid : le
tout est à votre adresse. Si le paquet vous
trouve à Madrid, vous m'obligerez de le
porter vous-même, le plutôt que vous pourrez à ma petite Rosalie ; je n'imagine pas
d'arrangement plus convenable pour être
certain que le tout lui parviendra fidèle-
ment. Si le paquet ne vous trouvoit pas à
Madrid, il vous y attendroit, et vous feriez
ma commission aussi-tôt que vos affaires
vous le permettroient.

Adieu, mon cher don Carlos. Avant tout ceci je vous aimois certes bien de toute mon âme, mais c'étoit, je vous jure, sans retour sur moi-même ; aujourd'hui, je suis tout fier, tout glorieux d'avoir pour ami le fils de don Pedro. Voyez, examinez, pesez bien ce qui vous concerne dans cette longue lettre. Est-il vrai que vous vous laissiez aller à la tristesse ? Trouvez-vous quelqu'inconvénient à m'en confier la cause ? Pourquoi ne me la confieriez-vous pas ? Votre secret sera un dépôt dont je ne ferai d'autre usage que celui que vous me prescrirez. Je ne le livrerai pas même à don Pedro, car je n'ai pas promis de le lui livrer, et mon devoir, quoi qu'il en dise, ne va pas jusqu'à lui confier ce que vous ne voudrez pas que je lui confie. Adieu, encore une fois, je vous embrasse de tout mon cœur. Craignez moins que jamais que je vous oublie, puisque j'ai maintenant votre image sans cessse sous les yeux.

Fin du premier volume.